传播新知 优美表达

每个人都看见蚂蚁

[美] 艾米·萨瑞格·金 A.S. KING 著
申晨 译

春风文艺出版社
·沈阳·

著作权合同登记号：06-2024 年第 275 号

图书在版编目（CIP）数据

每个人都看见蚂蚁 /（美）艾米·萨瑞格·金著；申晨译. -- 沈阳：春风文艺出版社，2025.8. -- ISBN 978-7-5313-7009-3

Ⅰ. I712.45

中国国家版本馆 CIP 数据核字第 2025NL0504 号

EVERYBODY SEES THE ANTS by A.S. KING
Copyright © 2011 BY A.S. KING
This edition arranged with Dystel,Goderich & Bourret LLC
through BIG APPLE AGENCY, LABUAN, MALAYSIA.
Simplified Chinese edition copyright:
2025 WanRong Book Co.,Ltd
All rights reserved.

春风文艺出版社出版发行
沈阳市和平区十一纬路 25 号　邮编：110003
清淞永业（天津）印刷有限公司印刷

选题策划：王会鹏	特约编辑：张竞文
责任编辑：韩　喆	助理编辑：刘世峰
封面设计：任展志	责任校对：赵丹彤

幅面尺寸：145mm × 210mm
字　　数：189 千字
印　　张：9.5
版　　次：2025 年 8 月第 1 版
印　　次：2025 年 8 月第 1 次
书　　号：ISBN 978-7-5313-7009-3
定　　价：49.80 元

图书邮购热线：024-23224481
版权所有　侵权必究　举报电话：024-23224081
如有质量问题，请拨打电话：024-23224481

目　录

第一部分 …………………………………… 3
 引子 ………………………………………… 4
 第一章 ……………………………………… 8
 第二章 ……………………………………… 14
 第三章 ……………………………………… 19
 第四章 ……………………………………… 29
 第五章 ……………………………………… 34
 第六章 ……………………………………… 39
 第七章 ……………………………………… 48
 第八章 ……………………………………… 53

第二部分 …………………………………… 63
 第九章 ……………………………………… 64
 第十章 ……………………………………… 71

第十一章…………79

第十二章…………83

第十三章…………90

第十四章………… 102

第十五章………… 117

第十六章………… 120

第十七章………… 130

第十八章………… 147

第十九章………… 155

第二十章………… 162

第二十一章………… 170

第二十二章………… 172

第二十三章………… 178

第二十四章⋯⋯⋯⋯⋯⋯⋯⋯⋯ 195

第二十五章⋯⋯⋯⋯⋯⋯⋯⋯⋯ 202

第二十六章⋯⋯⋯⋯⋯⋯⋯⋯⋯ 214

第二十七章⋯⋯⋯⋯⋯⋯⋯⋯⋯ 219

第二十八章⋯⋯⋯⋯⋯⋯⋯⋯⋯ 232

第二十九章⋯⋯⋯⋯⋯⋯⋯⋯⋯ 239

第三部分⋯⋯⋯⋯⋯⋯⋯⋯⋯ 257

第三十章⋯⋯⋯⋯⋯⋯⋯⋯⋯⋯ 258

第三十一章⋯⋯⋯⋯⋯⋯⋯⋯⋯ 266

第三十二章⋯⋯⋯⋯⋯⋯⋯⋯⋯ 268

第三十三章⋯⋯⋯⋯⋯⋯⋯⋯⋯ 276

第三十四章⋯⋯⋯⋯⋯⋯⋯⋯⋯ 290

献给每一个
看得见蚂蚁的人

第一部分

谁能止住眼泪?

——罗伯特·纳斯特·马利①

---

① 即鲍勃·马利的原名,牙买加唱作歌手,雷鬼乐教父。1960 年,马利开始了演唱生涯,1964 年组建了"Wailing Wailers"(哭泣着的哭泣者)乐队。——译者注(本书注释皆为译者注)

引子

"扑克脸行动"——高一

我只不过问了一个愚蠢的问题而已。

六个月前,弗莱迪高中给我们布置了高一下学期的社会调研任务。我们要设计调查问卷,对数据进行评估并绘制图表,最后用一篇二百字的文章呈现调研的结论,那相当于一篇学术论文。我想好了要研究的问题,并打印了一百二十份调查问卷。

我的问题是:如果你打算自杀,你会用哪种方式结束自己的生命?

这是我和纳德还有丹尼之间稀松平常的话题。纳德选择饮弹自尽,丹尼会被飞驰的卡车碾压,而我选择吸食汽车尾气。几个月来,我们一直在上第七节自习课时以此为乐。我从不觉得有什么不妥,这样的话题总是能让纳德大笑。而且,如果我能逗纳德开心,这或许就意味着我的高中生活可以少挨点儿"子弹"。

那天,当我对校长说这只是我和纳德、丹尼之间日常的玩笑时,校长翻了个白眼,说丹尼和纳德在弗莱迪高中并没有"社会问题"。

"可是你，林德曼先生，你有。"

显然，一定是伊芙琳·施瓦茨向教导处的老师们告发了我问卷的内容。她说那个问题很"病态"，令人"毛骨悚然"。可伊芙琳穿的T恤上就印着一个被钉死在十字架上的人[①]，上面还写着"他为我们而死"。哈，真够讽刺的！我真的不认为这是一个病态的问题。我敢说，每个人都曾经或多或少地设想过。我就是想通过做几个带有"割腕""过量服药""开枪"等方案标签的饼状图或柱状图，你懂的，来炫耀一下我Excel表格的使用技能。不过，总不能因为一个人谈论自杀就认定他"急需帮助"吧。即便这个孩子和他所谓的朋友相比个头矮一点儿、不那么受欢迎，也是如此。

被校长找去谈话的三个小时后，我坐在学校的辅导办公室。六天后，我和我的爸妈坐进了学校的会议室里，被学校所在管辖区的"专家"团团围住。他们观察我的一言一行，记录下我所有的行为举止。最后，他们给予相关的家庭心理治疗和药物疗法，并且建议对我进行更专业的精神检查，排查是否有类似抑郁症、多动症或阿斯伯格综合征[②]等。专业的检查！只因为我问了"如果你打算自我了断，你会如何了断"这样愚蠢的问题！

看上去，他们像这辈子从没和青少年打过交道似的。

我爸妈的反应更糟糕。他们只是坐在那里，装得好像还没

---

① 此处指的是宗教人物耶稣。
② 属于孤独症谱系障碍的一种，具有孤独症的典型表现。

有那些"专家"更了解我一样。妈妈一直晃着腿,爸爸不停地低头看表。我越看越觉得也许真就是这样。也许,那些八竿子打不着的陌生人真的比他们还要了解我。

另外,如果再有一个人向我解释我的生命有多么"宝贵"的话,我肯定会吐的——没开玩笑。这是伊芙琳常挂在嘴边的词,就是她所在的人数庞大、信徒虔诚的教会宣扬的——"宝贵"。宝贵的生命。

我说:"为什么我告诉大家纳德·麦克米伦欺负我的时候,没有人认为我的生命很宝贵呢?那是……什么时候的事了?二年级?五年级?七年级?还是我人生中每一个该死的学年?"我没提昨天在更衣室发生的事,但是它已经浮现在我的脑海里。

"路奇,你没必要这么抗拒,"其中一个人(讨厌鬼1号)说,"我们只是很想知道你的状态好不好。"

"我看起来符合你对于'好'的标准吗?"

"你也没必要挖苦我们,"讨厌鬼2号说,"像你这么大的孩子,有时是很难理解生命有多么宝贵的。"

我哈哈大笑。除此以外,我不知道自己还能做些什么。

讨厌鬼1号问:"你觉得这很好笑吗?拿自杀这种事开玩笑?"

我没有否认。当然,没有人知道那些关于自杀的问卷会全部返还给我。而且,就算我收到了问卷结果,也不会告诉这些人的,一个都不说。我的意思是,这些人坐在这里问我心理是否正常,与此同时却纵容纳德那样的人上蹿下跳,还说他"正常"。不能只因为他看起来没什么问题,而且能在一分钟之内就把对手的肩膀死死压制在摔跤垫上,就说明他不会把别的同学围堵在更衣室里,对他们做你想都不敢想的事。因为他的确这么做了,我亲眼看到的,我看到他在笑。

他们让我去大厅里等着。我坐在离门最近的一把呢子布料的椅子上,以便能听到他们对我那晃着腿的妈妈、不停看表的爸爸说了些什么。显然,他们微笑着打趣的表情也让我明白我得想出"真正的办法"。

于是,我开始执行"扑克脸行动"。这项行动非常成功,我们迷惑了很多敌人。

第一章

你需要知道的第一件事——鱿鱼

我的妈妈是个泳痴。我并不是说类似在浅水区倒立那种有点可爱的行为。我是说她真的对于游泳这件事上瘾——她每天要在泳池里游二百多个来回，雷打不动。因此，和我记忆中的大部分暑假一样，今年的暑假我也是在弗雷德里克敦的社区游泳池边度过的。我依然在实施"扑克脸行动"，我已经有六个月没有露出过笑容了。

妈妈曾对我说过她觉得自己是鱿鱼的转世。也许，她觉得如果自己是一条鱿鱼的话就不会被家庭的困境吞噬。也许，时时刻刻沉浸在二十五万加仑[①]的水中，会让我们的家庭氛围相对融洽些。昨天夜里，我听到她又对爸爸大吼大叫。

"你这样也叫尽力了？"

"看吧，无论怎么做你都不会满意的。"爸爸说。

"你能做到一周里每一天都回家吗？"

"我做得到。"

"是吗，哪天开始？"

[①] 液量单位，在美国约等于3.8升。

他沉默了一会儿，说："你知道吗，要不是你一直发牢骚，我肯定更愿意待在家里。"

随后是一声重重的关门声。他走了，我倒是很开心。我不喜欢听他指责妈妈总是抱怨，因为大家都看得出来妈妈向来对他言听计从。罗莉，千万别和他提纳德那小子的事，这会让他难堪的。无论如何都不能给校长打电话，那样只会让那小子变本加厉地欺负他。

弗莱迪游泳池还算不错——至少在纳德·麦克米伦不在那里的时候的确如此。甚至就算当他每周一两次兼职去泳池做救生员的时候，他的注意力也都在他的辣妹救生员女友的身上，没空理会我。因此，在大部分情况下，我都能在游泳池拥有一段平和的时光。

妈妈和我每天上午十点离开家。到了下午一点，我们会坐在阴凉处吃自带的午饭。当我们于傍晚六点回到家时，爸爸有92%的概率不在家，我和妈妈总是两个人吃晚饭。他有8%的概率从豪华餐厅的工作中忙里偷闲，回家和我们一起吃，然后说一些像"你们觉得那种梅子酱配鸡肉好吃吗"之类的话。妈妈说她对爸爸担任餐厅的主厨感到高兴，因为这份工作让他很开心。我很少见到爸爸，她这么说只是为了让我好受一些。而她让自己心情变好的方法就是在泳池里来来回回地游泳。

当妈妈向泳池之神致敬的时候，我会练习投篮、玩桌面曲棍球①，我会在阴凉处看书或和劳拉·琼斯玩纸牌，吃些东西。只要没赶上丹尼·霍夫曼在小吃摊轮值打工，那里卖的炸芝士条还是相当美味的。白痴丹尼总是把炸锅的温度调得过高，这样一来虽然芝士条的外表熟得很快，但是里面还是冰的。

不打工的时候，丹尼还是蛮酷的。他有时会和我在篮球场玩"H-O-R-S-E 拼字投篮"②或"绕场投篮"③的游戏。虽然他还是会和纳德一起出去玩儿，可那只是因为如果他不去讨好纳德的话，纳德会要了他的命。

以前，碍于丹尼的缘故，就算纳德对我做了那么糟糕的事，我有时还是不得不和他一起出去玩儿。不过那是在搞砸了高一的社会调研之前的事了，就是那张闹得沸沸扬扬的关于自杀的问卷。当时，他决定再次让我的生活变得生不如死。

今天我没带书，也不想打篮球或玩桌面曲棍球。妈妈独自一人在三号泳道游泳，她时不时地留意着正从西边袭来的黑云。我独自躺在阴凉下的野餐垫上，像往常一样做起了白日梦。有时我会真的睡着，进入梦乡。有时我只是闭着眼睛，假装自

---

① 一种模拟冰球的桌面游戏。玩家通过操作小型的塑料或金属球员，使用弹簧或杆来推动一个小型的球或圆盘（通常称为"puck"）在桌面上移动，目标是将其射入对手的球门得分。
② 一种流行的篮球投篮游戏。每个玩家轮流尝试按照自己选择的方式投篮。如果玩家成功投中，下一个玩家必须在相同的位置，以相同的方式投篮。如果投篮成功，游戏继续；如果投篮失败，该玩家得到一个字母"H"。当一个玩家连续投篮失败，就会按照"H-O-R-S-E"的顺序得到字母。一旦一个玩家集齐了"H-O-R-S-E"所有字母，他就被淘汰出局。
③ 一种篮球投篮游戏，参与者需在一系列指定的投篮点，比如罚球线、两侧45°角、底线等，按照顺序进行投篮，并且连续命中。

己是一名狙击手,就像我那位参加过越战的爷爷哈利一样。我会想象纳德在我的视线里,我将瞄准镜上的十字对准了他的额头。每天我都将他击毙一次。

就算雷雨天也不会影响妈妈游泳。不过,他们不会允许她这样做的。

"我们先去亭子下面躲一下,等天晴了再出来。"她说。

我在劳拉·琼斯对面的那张野餐桌前坐了下来。劳拉今年十五岁,和我念同一所高中,开学就要升入高二了,她脸上长了些许夏季粉刺。只见一道闪电划过了篮球场的上空,我们等待着随之而来的雷声。雷声把亭子的锡制屋顶震得哐啷啷响。劳拉不禁打了个寒战。

"你想玩纸牌吗?"她问我。

"好啊。"

"玩金拉米①?"

"可以。我们只抽十张牌。不敲桌子亮牌。"我补充道。我讨厌这项游戏中其他那些愚蠢的规则。

"我还是能赢你。"她说。

"赢了又不能代表一切。"

她冲我咧嘴笑了笑,说:"是啊,没错。"

---

① 美国传统的两个人玩的纸牌游戏,规则相对复杂。核心的目标是把整手牌都按照规则组合成套,成功的人喊"Gin",之后亮牌,计算得分。如果其中一人在出牌结束的时候手牌里不成套的牌分数在10分以下,他可以选择"敲桌子",以提前结束牌局。

大雨倾盆而下，我和劳拉玩起了纸牌。在雨停之时，我们玩了三局，劳拉赢了两局。我朝小吃摊走去。

"想吃点儿什么？"丹尼问。我让他给我拿一包十五美分的瑞士鱼形软糖。

"混合颜色的还是红色的？"

"请拿红色的，谢谢。"

他讥笑着模仿我："'请拿红色的，谢谢。'天哪，林德曼，你还真是妈妈的乖宝宝。"

上周在商场遇到他，我向他打招呼问好，他也说："林德曼，别一副妈妈的乖宝宝的样子。"我还是喜欢以前的那个丹尼——那个和我在我们两家相邻的后院里玩变形金刚的丹尼，那个不需要努力去证明什么而出言不逊的丹尼。

他递给我一袋瑞士鱼软糖，塑料袋口用捆扎绳束紧，问："看来你要约她出去喽？"

我假装做出厌恶的表情："你说劳拉·琼斯吗？"

"要是你不约她的话，我就去约她了。"

"为什么？"我不解地问。我知道丹尼根本就不喜欢劳拉·琼斯。

"我哥说丑女都容易上钩。"

其实，如果我要是知道该如何开口约女孩子的话，我会很想约劳拉出去的。可是，我并不知道该怎么做。

当我们从泳池回到家的时候，爸爸真的在家。他对妈妈说：

"看吧。我回来了。"吃完一顿几乎悄无声息的晚餐（覆盆子烤猪里脊配蒜香土豆）后，爸爸问我是否愿意和他一起看电视。随后，他打开电视，调到了美食频道——他唯一会看的频道。

今晚的特别节目介绍的是卡津美食①。接下来是两集"FMC"，也就是"五分钟厨艺大挑战"。节目中要求五名厨师在十种食材中挑选出五种，并且在五分钟内创造出一道美食。而且，要在计时开始的二十分钟内完成制作。看节目时，爸爸不准我说话。他允许我可以在播放广告时和他说话，可我一言不发。

爸爸坐在他那只绿色的灯芯绒沙发椅中，把遥控器放在扶手上。我则双臂交叉枕在脑后，瘫坐在沙发上。我感觉眼皮沉甸甸的，在第一集"五分钟厨艺大挑战"结束后，我再也无法睁开双眼。迷迷糊糊之中，我梦到了吃秋葵口味的冰激凌，和劳拉·琼斯一起玩金拉米，直到我听到身后的关门声，是爸爸，他以为我睡着了，便马上起身去了餐厅。

---

① 美国南方的特色法式美食，常把海鲜、鸡肉等放入辛香料浓郁的酱中烩煮，滋味浓郁，丰富。

第二章

你需要知道的第二件事——纳德·麦克米伦

不出所料，昨天的雷阵雨并没有将空气中的潮气驱散。纳德·麦克米伦的暑假女友，佩特拉·西蒙斯，身穿深蓝色宽肩带的分体泳衣，坐在跳水池旁的救生员座椅上。她的肤色呈花生酱一般的棕色，那漂亮的双腿上横放着一只红色的救生圈。每次看到她，都会让我心跳加速。但在今天这样暑气熏蒸的天气里，我热得没有了反应。

我像炮弹一样跳入水中，企图让水花溅她一身。

当我浮出水面时，只听她说："太爽啦！再来一次！"

我瞄准了救生员座椅，准备对着那里再来一次。抬头一看，佩特拉正在涂抹溅在胳膊和腿上的水珠。这可能是我见过的女孩最火辣的一幕了。于是，我跳上台阶，再次站到了跳板上。

我看向弗莱迪游泳池。妈妈在三号泳道的另一端，她游得很不顺畅，泳道里的人越来越多，惹得她心烦意乱。其中有两个人正在忘我地亲热。妈妈只好游到一半停下来等待，直到他们漂到了二号泳道。那对亲热的情侣是身穿性感的比基尼泳衣的夏洛特·登特，她开学高三，和她新交的二十岁的城里男友罗纳德，他的嘴唇上方蓄着一字胡，胸前文着一只红尾巴的老鹰，花纹遍布肌肉发达的双肩。他在电池厂上班，每星期工作六天。今天一定是他轮休的日子。也就是说，他很快就会离开这里去吃午饭，然后带回来半打罐装啤酒，和夏洛特在停车场继续酣饮。今天夏洛特穿了一套豹纹图案的细带比基尼，当她从泳池里上来的时候，我不得不把目光从她身上移开，免得自己老是去想她的胸部。

又完成了两次跳水炮弹后，我浮上水面调整呼吸。纳德·麦克米伦正挨着梯子，坐在池边。

他凑到我被灌了水的耳朵边说："看样子你想用你那没长大的小玩意儿睡我的女朋友，是吗？"

"不是的。"

"你为什么不到你妈那儿去，去睡她？"

我朝她望去，她正一边沿着泳道蛙泳，一边留意着我这边的情况。当我把头扭向一边的时候，纳德像开玩笑似的朝我的后脑勺按了一把，但力度足以使得我的头猛地向前俯冲，撞到梯子的扶手上又弹了回来。我朝三米外的另一处梯子游去，从水里爬出来，走向我们的野餐垫。

两分钟后，我刚把垫子铺好，翻开正在看的平装书，一阵叫喊声突然响起。我瞟见纳德和他的朋友们还在跳水板那边。佩特拉坐在救生员的座椅上。纳德大喊大叫着指指点点。水里有什么在动，可我看不清是谁或是什么，于是我站起身，慢慢地朝泳池边缘走去。

"不准帮她！"纳德说。

佩特拉此刻站在椅子下面的台阶上，她把哨子含在嘴里，手指着纳德。

"让她自己去拿！"他大叫。

佩特拉冲纳德吹了声哨子，摊开双手，歪着头生气地看着他，眼神像是在说："你要干什么啊？"可纳德完全对她视而不见。

她又吹了声哨子，用温顺的语气劝说他："好了，别这样。"

纳德再次无视她，对那个在水里挣扎的人放声大笑。我凑得更近才看清楚，水里的正是夏洛特，而且她的豹纹比基尼的上衣不见了。

"快出来，"纳德嘲笑着说，"你这个小荡妇。"

我眯着眼看向三米多深的跳水池，只见池底有个模糊的影子。

"如果你们没人去捡的话，我去。"佩特拉一边说着一边示意另一位救生员去帮忙，我四处寻找有老鹰文身的罗纳德，可他的车没在停车场。

"放轻松，佩特。我们就是找点儿乐子。她本来就很放荡，不是吗？没准儿她就想让我们看她的胸呢。"纳德说。

这是我跳下水游向跳水池前听到的最后一句话。佩特拉没有继续帮忙了，因为纳德是她的男朋友。其他的救生员也不会伸出援手，因为他们都怕纳德，就像镇上的所有人一样。夏洛特的一只手紧紧地抠住了泳池边的混凝土排水沟，另一只手牢牢地挡在胸前。

"嘿!"就在我潜入池底的一刹那,纳德大喊了一声。

如此深度的水中一片幽暗,这让我感到很平静。我的耳膜所感受到的压力、喉咙里的感觉以及池底蔚蓝美妙的池水都让我觉得自己被接纳。仿佛相较于地面,三米多深的水下带给我更多的舒适感,尤其在我过去经历了人生中最愚蠢又恐怖的六个月后。

我抓着那件比基尼上衣浮上了水面,朝夏洛特游去。她迅速地把上衣从头上套过去,潜到绳子下面,游向了浅水区的泳道。我在那里帮她把泳衣的系带绑在背后。

"真是太感谢了,"她说,"希望这样不会让那些混蛋找你的麻烦。"我抬起头,看到纳德站在原地,正怒视着我。"这几个月来罗纳德一直想找理由好好教训纳德一顿。"

"我倒是挺想看看。"我说。

她摇了摇头,说:"每次罗纳德打架都会流血。我讨厌血腥。"

我和夏洛特说话的时候,纳德还在盯着我看。佩特拉正竭力阻止其他两名当值的救生员在报告夹板上记录纳德的违规行为。

"答应我别告诉他,好吗?"夏洛特请求着。

我从来都没和罗纳德说过一句话。那家伙看上去就够吓人的了,更别提他已经二十岁了。"好的,没问题。"

泳池的经理金吃完午饭回来了,她查看了记录单又向其他的员工了解了情况,然后高声地把纳德撵出了泳池,扬言今天不许他再回来,但她的语气听上去甚至带着点愉快。他们本来就是朋友,因为纳德在她这里工作,还和佩特拉是情侣。所以,她不过是做做样子而已。在他走到门口的过程中她还用毛巾抽打他来着。接着,就在跳上自行车前,纳德转过身来对我说:"你跑不了了,林德曼!"

我讨厌林德曼这个词。无论如何,我都无法摆脱它。我们家族仿佛被它诅咒了一样。

第三章

路奇·林德曼奉命行事

我的奶奶珍妮丝·林德曼在我七岁的时候过世了。她患了结肠癌。我对那天的情景记忆犹新——当时我有一颗牙齿松动了，不过我不敢拔掉它。我还有两个新的变形金刚陪在身边，那天我正在她客厅的一个角落里独自玩耍，奶奶在那里度过了人生中的最后一个月。她睡在从医院租来的病床上，身旁有位临终关怀之类的护士在随时照顾她。爸爸妈妈则轮流用温柔的话语安慰奶奶，让她安心地离去。

"别挂念我们。"爸爸用我听过的最温柔的语气说。我想他一定在哭。

"我们会处理好一切的。"妈妈说着，示意我来到床边同她道别。

奶奶最后的喘息闻起来好像放了好几个星期的牡蛎。她被注射了大量的吗啡，自言自语。我不知道该说些什么，于是紧紧地握住了她的手，说道："永别了，奶奶。我爱你。"

她微微抖动着的眼皮突然睁开，她用力抓住了我的小臂，劲儿大到我的胳膊上留下了一道红色的抓痕。直到她离世时，那道抓痕还清晰可见。她对我说："路奇，你一定得去救我的哈利！他还身陷在那片丛林中，被那些该死的古柯①折磨着。"

"古柯？"我疑惑不解。

"她服药了，才这么说的，路奇。"妈妈轻声告诉我。

"你一定得找到他，把他带回来！你需要一个父亲！"奶奶脱口而出。

然后她就死了。

妈妈让我离开房间，我倒无所谓。不过，她无法把那些话从我的记忆中抹去。如果奶奶需要我去做一件事的话，我一定会做到的，尽管我听不懂她的吩咐。

在我心中，奶奶患癌前一直代替我的父母照顾着我。小时候，爸爸妈妈工作时，我会被送到她那里由她照看。她会坐在餐桌旁边打电话，一整天都忙文书工作。而我则在一旁把玩她玩具箱里所有炫酷的、有年头的玩具。她曾经对我说过，她真希望我能和她住在一起。我记得自己当时在想如果那样的话该有多好。奶奶患病前，校车都会在放学时把我送到她的家门口。她会辅导我写作，做晚饭给我吃，直到妈妈六点钟接我回家。这就是我当时的生活，我很喜欢这样的生活。

爸爸的双眼红红的，他把脸埋在手里。我拿起两只变形金刚来到了阳光房。就在我的父母硬着头皮打电话时，我径直开

---

① 原文为"gook"，本意为烂泥，美国士兵用该词来泛指东方人。早在二战中，美军就用来指称日本人；在越战中，又用来指越南人。美国人认为自己洁净整齐，作为他者的越南人自然就是脏脏的。因此，他们"脏脏的"身体也成为其鲜明的特点和代称。

始执行任务。

我给擎天柱起了个新名字叫"古柯",还把一盆长得过于茂盛的盆栽植物搬到角落里当作丛林。我走到奶奶放玩具的箱子旁,翻出了一个农场玩具套装里的小玩偶,那是头戴帽子的农夫。去年圣诞节时,由于我把他的一条腿向后掰的角度过大,导致他现在少了一条腿。我把他插进花盆,让土一直埋到他的腰部。我叫他"哈利"。当验尸官来到这里,安排抬走尸体,帮助我的父母填写文书的过程中,我已经把哈利从古柯的手里救出来二十次了(先后在直升机里、拖轮上、瀑布旁、伏击的枪林弹雨中),最后我们不得不离开这里了。

回家的路上,我们在附近的一家小酒吧下了车,一起坐在店里沉默地吃着汉堡。爸爸尽可能地吃了一些,不过并不多。妈妈也只能把悬挂在餐厅中央天花板的玩具火车指给我看,好像我是五岁的小孩一样。我敢说她差点儿就把火车说成"呜呜",于是我决定去厕所躲一躲。

其实我不是真的想要小便,可还是在小便池边做了做动作。大概一分钟后,纳德·麦克米伦走了进来,站在我旁边的小便池前。他和我一样都是七岁,个头却要高大许多(虽然这也不是什么了不起的事)。他小便的样子像是已经憋了整整一个星期。他的尿液从小便池和其底部柠檬形状的圆铁片上喷溅而出。我感到有几滴溅到了我的胳膊上,可是我没吭声儿。因为在一年级的课间休息时我就认识纳德了,知道他多么爱欺负人。我只是站在那里,对准了小便池,却没有尿出来,内心祈裤他没有注意到我。

"你看什么看?"他问。其实我根本就没在看他。他转过身来,尿在了我的凉鞋上,我的双脚上,还有我的小腿上。

我什么也没说,他也没有开口。他抖了抖,拉上了裤子的拉链,没有洗手就离开了。直到他走出卫生间前,我都一动不动地站在那里,紧张地用舌头拨弄着那颗松动的牙。然后,我也系好了拉链,朝着水池走去,脚下的凉鞋发出叽叽叽叽的响声。我感觉很恶心,正纠结要不要把凉鞋脱下来洗一洗,这时爸爸和饭店的经理走了进来。他们看到了铺着赤褐色瓷砖地面上的那摊尿。

"天啊,路奇。"爸爸开口说。

经理说:"这看起来可不像意外,伙计。"他拉开小便池右边的一个小柜门,取出一根拖把、一只水桶和一块写着"小心地滑"的黄色塑料警示立牌。

"不是我干的,"我说,"是那个叫纳德的孩子。"

爸爸看着经理,解释说:"没错,我儿子是个乖孩子。"

"我敢肯定他是个乖孩子。不过,麦克米伦先生是这里的常客,他的孩子告诉我他看到是您儿子干的。"

我摇着头,放声大哭起来。

五分钟后,我们无声无息地开车回家,大腿上还放着塑料打包盒。车子沿着弗雷德里克敦的市区驶向了市郊的小开发区,我看着主路上路过的一栋栋大房子,把那颗松动的牙齿从嘴里拧了下来。现在回想起来,就是从那天起一切都改变了吧。

丛林梦境1号

我独自走在一条小路上，身穿蜘蛛侠睡衣，脚踩红色都达斯拖鞋。丛林里充斥着吵闹的鸟叫与"吱—吱—吱—吱"的虫鸣。我一直在低头看路，仿佛一个小孩子置身于巨大的世界之中。我专注地盯着那些甲虫和落叶，没有抬头去看空中巨大的树冠与藤蔓和头顶那一望无尽的枝叶。

当我走到一条小溪前，想要找能踩着的石头过河。我眼看着我的一只穿着红色羊毛拖鞋的脚踏上第一块浮石，然后眼看着那只拖鞋滑落下来，我感觉自己失去了平衡。终于，我一屁股跌落在溪水中，弄湿了一大片。

"过来，孩子。"有人用沙哑的嗓音对我轻声唤道。我抬起头，看见一位瘦骨嶙峋、蓄着浓密的灰色络腮胡的男人向我伸出手来。"快起来。哭是没用的。一会儿你的衣服就干了。"

我握住了他的手，他帮我跨到了小溪的对岸。等我一落地，他就上下打量我。"多酷的睡衣呀，真希望弗兰基也能送我一件正面印着蜘蛛侠的睡衣。"他穿了一套褪色的黑色睡衣，裤子的长度只到小腿中部，他光着双脚，脚上满是脓疮和伤疤。

"你是谁？"我问，"弗兰基又是谁？"

他歪起脑袋，盯着我看了一会儿，用右手捋着胡须，然后笑了笑："那不重要，"他说，"跟我来，我们去把睡衣晒干。"他走进一片洒满阳光的林间空地，我紧随其后，水通过我的鞋底，从我的脚趾缝里冒出来。

走到一半时，从茅草盖的小屋里突然跳出一个身穿破旧军装、面带凶相的亚洲人。他用一把来复枪指着我，大喊道："林德欧－曼，这个小孩是谁？"

******

我突然惊醒，身上还是湿漉漉的，不停地尖叫。妈妈站在床边，用力摇醒我。"这只是一场噩梦，"她说，"只是做了一场噩梦而已。"

当时是半夜两点。妈妈蹑手蹑脚地走动着，她不想吵醒爸爸。还有几个小时，爸爸就要起床去新的餐厅担任主厨。她递给我一套干爽的睡衣，说："把这套换上吧。没关系，这是常有的事。"半梦半醒间，我仍然能听到最后让我惊醒的那几个字。林德欧－曼，这个小孩是谁？

林德曼。

林德曼。

是爷爷。是我要去营救的人。我找到他了。

营救行动1号——一周后

当我这次走向小溪时，在路上发现了别的东西——一些小陷阱。那些陷阱是在地上挖出的一个个覆盖着落叶的小洞，用来使敌人扭伤脚踝。还没走到溪流所在的林中空地时，我又发现了几根尖刺。我用一根树枝戳了戳，用力一推，直到一块方木侧翻过来，露出了钉穿在上面的那些15厘米长的钉子。虽然不太确定，但是好像看到钉子上面涂满了什么东西，我觉得是粪便。

我穿过小溪，没再滑落到水中，还顺利走到了篱笆外那几座小竹屋前。这一次，丛林发出了震耳欲聋的嘈杂声，那感觉就像是知了飞到宾夕法尼亚时一样聒噪。只不过，这嘈杂声听上去十分陌生，狼嚎鬼叫的，让人不寒而栗。

"喂！"

我四处张望着，却找不见声音的主人。

"孩子！上面！"

我抬起头，原来他在那儿。那个瘦骨嶙峋蓄着山羊胡子的人正坐在一根长长的树枝上。他盘腿坐着，尽管从物理学的角度看他是不可能用那种方式坐在树枝上的。他冲我招了招手。

我瞅了瞅树干，觉得自己根本爬不上去。"你是怎么上去的？"我问。

"这是在梦里，孩子。你想去哪儿就能去哪儿。"

于是我闭上了双眼，让自己在他身边坐了下来。我们注视着对方，他挺直了后背，露出微笑。

"你为什么坐在树上？"我问。

"因为这样总比不在树上好。"

"我看到那些尖刺了。"我说，心想他的话是指待在树上比在地上要安全得多。

第三章

"那些什么?"

"尖刺。你知道的——就是地上的那些钉子。"

他明白了我说的是什么。"哦!是查理那些愚蠢的陷阱!我懂你的意思啦。"

"查理是谁?"

他伸出手来,轻轻拍了拍我的手。"没事的,孩子。你不用担心。"

不知怎的,那一刻我无比确信他就是我的爷爷。我凝视着他,从他的脸上我能看到我爸爸的脸,我也能看到我自己的脸。那是一张值得我信赖的脸。

"爷爷?"

"怎么了?"

"我该怎样应对纳德·麦克米伦呢?"

"他是谁?"

"是一个在我脚上尿尿的小孩。他对每个人都很坏。"

"霸凌者?"

"是的,"我说,"是个大块头。"

老人思索了片刻:"你知道我妈妈告诉我该怎么对付霸凌者吗?"

"不知道。"

"她告诉我要无视他们。我想你也应该无视那个孩了。"

"可他在我身上尿尿啊。"

他把手伸进胡子里,揉搓着下巴,说:"他也许可以尿在你的脚上，但未经你的允许，没有人能尿在你的灵魂上。"

我完全不懂这句话的意思。

"要是无视他也没有用呢？"

"那你就回来找我。我们总能一起想出办法的。"

"好吧。"说着我望向树下的营地。我仔细观察着那些竹屋，有的已经废弃了，有的还有人住。"这是军营吗？"我问。

"是的。战俘营。"

我把目光投向一间用铁丝网围起来的相对大一点儿的棚屋。"战俘营？"

他点了点头。

"这么说你是个坏人吗？你去抢劫了还是做了什么坏事？"

他深深地叹了口气，笔直的后背佝偻了起来。"不是的，孩子。我不是坏人。"

我环顾丛林，然后俯视着战俘营，问："那你为什么会在这里呢？"

他大笑起来，说不上是疯了还是开心之类的。当他停下来后，说："因为我的号码被抽中了。"

我摇了摇头。

"就像彩票一样，路奇。他们选中了我，让我应征入伍。于是一年后，我来到越南打仗。打了一年，我成了战俘。又过了一年，他们开始把我转移到这种地方。"

"就是因为一个号码？"这可和我知道的彩票不太一样。我和妈妈一起看过那些五分钟的"劲球彩票"节目。我很确定没有人会因为那几个乒乓球上的数字就被派去打仗的。

"对。14号。"他把一根绿色的小树枝塞进嘴里,将嘴里每一颗健在的牙齿刮蹭得干干净净。"按照一年中的每一天指派数字。3月1日,我的生日,被分配的数字是14。懂了吗?"

我不懂。完全不明白。

"好啦,别哭了,孩子。我们现在无能为力。"他伸出手臂搂住我,我们俩交换了位置。我们坐在树枝上,互相拥抱彼此,双腿悬在空中,我在爷爷的怀里抽泣着。

就这样过了一分钟,我回想起奶奶的嘱托,想到自己来这儿的目的。我用他的上衣擦掉了眼泪,直视他的双眼。

"我是来救你出去的,爷爷,"我说,"我要带你回家。"

第四章

你需要知道的第三件事——乌龟

当我们从泳池回到家里时,我脑中还在想着夏洛特比基尼上衣的那件事,以及纳德最后对我说的那句话。你跑不了了,林德曼!老天啊,他可真是个大混蛋!

我们从后门进了屋。爸爸正在厨房里把白糖放入刚刚泡好的一壶冰茶里搅拌,嘴里哼着布鲁斯·斯普林斯汀[①]的歌曲。

"你想吃几穗玉米,两穗还是三穗?"他问,仿佛这一切都再平常不过。他在厨房,做着饭,履行父亲的责任。他没有缺席。

"两穗吧,谢谢。"

我走到自己的房间,把身上游泳的行头换了下来。我坐在床边,想着纳德·麦克米伦,不知道究竟该如何应对。无视他。勇敢地对付他。避免遇到他。态度"强硬些"。我想起这些年来爸爸对我说过的话,想起了他是如何拒绝给我提建议的。这种事情你问我有什么用?我在你这个年纪的时候都不知道该怎

---

① 布鲁斯·斯普林斯汀(Bruce Springsteen),1949年9月23日出生于美国新泽西州费里霍尔德,美国摇滚歌手、作词作曲家。

么对付欺负我的人,怎么可能帮你想出好主意?

我尝试过他提出的所有建议,甚至还尝试过几个他没有建议我做的事。我试着去讨好纳德,和他做朋友。这让我在高一时获得了短暂的安详时光,直到他被我卷入了那场问卷调查的风波。去年一月份的时候,我曾尝试向学校的学生顾问反映纳德的事,结果得到的只是一句:"纳德的确很讨厌,最好别去招惹他。""或许本质上他还是个好孩子。"顾问这么说,可事实并非如此。这意味着纳德可以继续霸凌其他的孩子,用他那天真无邪的笑容把老师迷得团团转,还可以继续参加春季的棒球比赛。这也意味着他那喜欢打官司的律师老爸不会再找校区的麻烦。

"罗莉,可以开饭了吗?"爸爸高声问。

"马上,两分钟!"妈妈说。

"路奇!上厕所、洗手,准备吃饭。"他说。好像自从爸爸去了那个豪华的法式咖啡馆工作后,在他心中我就不再长大了。我已经不是七岁的小孩了,知道自己什么时候需要去小便。

当我坐下的时候,他们都在微笑着看我,这让我皱了皱眉。爸爸为我们分盛主菜,有事先用蜂蜜和新鲜的香草腌制的烤鸡和用胡椒调味的烤玉米棒。他指着桌上那碗裹着黄油、上面撒满了欧芹碎屑的小土豆说:"吃多少自己盛。"

鉴于爸爸平日做的都是香煎涂抹黑莓酱或是塞入了鹅肝酱的鸡排,或者是香煎滚过有机蘑菇屑的猪排搭配混入了蒜泥和杏仁酱的青豆泥,再淋上少许的酸橙汁,今天的晚饭可谓相当普通。真不知道他从哪里弄来的这些食材。奶奶喜欢的都是午餐肉、通心粉、盒装奶酪、烤芝士三明治之类的食物。

我正在啃我的第二根玉米棒,只听见妈妈说:"路奇今天在泳池帮一个女孩解了围。真是太体贴了。"

爸爸看着我,点了点头:"真为你骄傲。"

"你还有别的事想告诉他吗?"妈妈问。

"没有了。"我都不清楚她指的是什么,但我想一定是纳德做过的混蛋事。这也不是什么新闻了。

"怎么了?"他问。

"没什么。"说完,我继续啃起了玉米。

"麦克米伦家的小子又找他麻烦了。"她说。

"我还完成了一次跳水炮弹呢。你应该看看那个。"我说。

"你还手了吗?"

我假装我们没有在谈论这件事。"嗯?"

妈妈说:"就是那个麦克米伦家的小子。他想知道你有没有还手。"

"没有。"

"不错。真正的男人不靠打架来解决问题。"

我真希望能告诉他我有多不赞同这个说法。

我真希望他自己去打一架好以此来让我信服。

不过,这才是问题所在,不是吗?不就是我爸爸的问题吗?和他争论一点儿意义也没有,因为他自己就全然推翻了他的那套理论。让我们举个例子吧。

第四章

你看到那些POW/MIA旗帜①了吗？就是那些黑色的旗子，上面画着一个士兵的侧面轮廓，背景是守望塔和铁丝网，下面写着"你并未被遗忘"的字样。

我把这些旗子贴在我们的汽车上、窗户上、日常用品上——我的棒球棒上、妈妈的野鸟喂食器上。我们的前院竖着一根旗杆，上面飘扬着最大的那面POW/MIA旗。每年冬天爸爸都会在我的厚外套上缝上一面旗子。我的游泳裤上、学校统一的运动服上都缝着一面。我足足有十四件不同样式的POW/MIA主题的T恤衫。旗帜被爸爸文在了他的右臂上，印在他的车牌架上、杯垫上、马克杯上、纸牌上。

在我们家，旗帜上的那句标语不绝于耳。在我们家，那些失踪的英雄绝不会被遗忘。绝对不会。但是我们从未真正谈起过这件事。

他只会说："真正的男人不靠打架来解决问题。"

有时候我真想把他们俩绑在沙发上，让他们听一听我内心的声音。我会好好聊一聊，聊一聊真实的事情。我要质问他们。为什么当奶奶去世了我们就放弃了拯救爷爷？她为什么让我去拯救他？她为什么没让你们去呢？为什么我们不去采取行动，

---

① "POW/MIA"意为"Prisoner of War/ Missing in Action"，代表战俘和军事行动中的失踪者。POW/MIA Flag起源于1970年，由国家POW/MIA家庭联盟的成员Michael Hoff夫人提出设计构想。自1982年后成为美国国旗外唯一能在白宫飘扬的旗帜，也是在世界各地所有美国联邦政府机关和政府公园都必须挂起的唯一一面非国旗。它对美国军人和民众有着特别的意义，代表人们坚持不懈地争取战俘回家，以及寻找失踪者骸骨的努力和决心。

哪怕做点儿什么也好?

迄今为止,我听过爸爸唯一真正袒露心声的话就是:"如果当初我爸爸被装在袋子里送回家就好了,至少那样我们知道他是死是活。"然后,他就变成了一只乌龟。

当然,乌龟身体最大的部分就是它的外壳。

而我们也从未真正地谈论过此事。

第五章

"扑克脸"行动——高一

就在伊芙琳·施瓦茨向辅导办公室告发我那自杀调查问卷的第二天,丹尼和纳德便被校长找去谈话了。我知道这事儿还是丹尼在放学回家的校车上告诉我的。

"你为什么非得毁了我们的玩笑呢?"

"我觉得这也没什么大不了的。"我说。

"老兄,'大鱼'说他要给我爸爸打电话。"

我们叫校长泰姆斯先生"大鱼",因为他的双眼很凸,脑袋看起来很扁。

"为什么?"

"你知道,他们都是白痴,就是这样。"

"哈。"我说。

"而且,这可把纳德气坏了。"丹尼补充道。

"他也被叫去了吗?"

"我们一起被叫过去的,"他说,"就是为了证实你说的那愚蠢的小故事究竟是不是真的。"

"简直糟透了!"

"没错,糟透了。纳德的老爸肯定也会发疯的。"

"真抱歉,"我说,"我真的觉得这没什么。"

"等纳德找到你,你会更不好过。"

"会吗?"

"那家伙是个疯子。"

"话虽如此,不过我们——现在不也算是朋友了吗,对吧?"

他大笑起来,摇了摇脑袋说:"不,现在你可不再是朋友了。"

我努力表现出满不在乎的样子:"随便吧,这样的麻烦太多了。我爸妈下周要被叫过来开会,他们要对我进行检查之类的。"

"检查什么?检查你是不是白痴吗?"

我用肘部轻轻推了推他。"嘿,你怎么知道?"

"因为是我告诉他们的。"他说。

关于我的会议在星期二举行。不过星期一体育课下课后纳德就把我堵在了更衣室里。

"喂,林德曼!看仔细了!"他喊道。

随后他便抓住更衣室里最矮最瘦的孩子,把他推到了角落的长椅上。他让他的跟班按住那个男孩,脱下他的衣服,用他满是汗臭味的运动服蒙住了他的眼睛。那个男孩越是挣扎喊叫,就有越多的纳德跟班过来按住他,把他的腿向两侧掰开。我能看到他在反抗,想要挣脱他们的控制,努力地想并拢双腿。我能看到他喘息着瑟瑟发抖,他惊慌失措,他哽咽难鸣。

当那些家伙嘴里有节奏的反复喊着"不许吐，弱鸡"的时候，纳德从他的衣物柜里拿出了一根香蕉，他走到马桶边，握着香蕉在里面蘸了蘸，然后说："瞧好了，林德曼，这就是告密者的下场。"

那天晚上，我布下了自己的第一个陷阱。

营救行动49号——陷阱

我站在水坑里，水没过了我的膝盖，天空突然下起了青蛙雨。一只只长着腿的肥硕的绿色雨点从天而降，一落地就跳个不停。它们跳上了我的短裤、我的上衣，它们跳进了我的脑袋里。我的脚踝和小腿上布满了蚂蟥，它们在吸食我的生命。那些青蛙正试着用它们锋利的牙齿啃掉蚂蟥。真是太痛苦了。

这是我第49次营救爷爷，所以我已经不是第一次见到青蛙雨、蚂蟥和丛林了。显然，直到现在我们也没能找到出路。

之前一起在丛林里游荡的时候，爷爷曾多次向我演示如何制作陷阱，可我从来没亲自尝试过。我挥起我的大砍刀，把竹子削成尖尖的长钉，足足削了一百根。没有人看得见我，因为水坑离丛林小路有一千多米远，被密密层层的灌木丛掩藏着，根本没法进来。

爷爷睡在距我三米外的地方。前一晚，我已经帮助他逃离了弗兰基的战俘营，一整天我们都跋涉于广袤的丛林中，一边劈砍枝条，一边前行。我整晚都待在水坑里，不停地雕琢那些长钉,直到它们锋利到可以切断石头为止。我伸出左手食指碰了碰,就被它们划出血来。我把这些长钉布置在陷阱里,再把周围的洞口盖好。

后来,我累得站着睡着了,头枕在了"青蛙坑"的泥泞的边上,膝盖以下还浸泡在满是蚂蟥的水里。

梦里,爷爷唤醒了我。

"准备好了吗?"

他将我拖出了水坑,放在洞边。我的腿上全是蚂蟥,我宁可截肢也不想挨个把它们弄掉。雨停了,不过这只是暂时的。天空依旧浓云密布,这就是雨季的残酷玩笑,让你有片刻假装自己没有像落汤鸡一样浑身湿透,没有被丛林生吞活剥。

爷爷拖着我向他用油布和三根竹竿搭成的防雨棚走去。我说:"我得把那处水坑盖上,完成陷阱布置。"

他觉得我一定是神志不清了,可能的确如此。我的腿上血迹斑斑,咬痕累累,满是密密麻麻的蚂蟥和牙齿。我在他弄掉第四只蚂蟥的时候晕了过去,腿上至少还剩下一百多只。

当我再次醒来时,发现自己蜷缩着睡在防雨棚下,丛林又下起了瓢泼的青蛙雨。我看向我的陷阱,它很完美。我的双腿疼得仿佛被一颗颗盐粒做成的子弹给击中了,甚至连骨头都疼。当我低下头,眼睛逐渐适应了大雨中昏暗的光线时,我才看清自己的腿就像被老虎袭击过一样。

爷爷说:"你得去治治你的腿,孩子。"

"唔噜噜……"我想说话,却说不出来,只能张开嘴巴含糊地发出这样的声音。

"继续睡吧。我会想办法让我们去医院的。"

我知道他在说谎。一个逃跑的战俘怎么可能带上他受伤的孙子走到医院去求助呢?这是不可能的。我要死在这里了。

如果我注定要死,我要带着荣耀而死。我已经营救了失踪已久的爷爷,我希望他能把我留在这里,独自走出丛林。

我张开嘴,只能含混不清地发出:"别呃呃……管……"

如果我注定要死,我不要带着秘密而死。我要把香蕉事件和纳德对告密者做的事全都告诉爷爷。

我又张开嘴:"陷———……哩……"

我还是一句话也说不出来。蚂蟥啃食了我的大脑,它们吃掉了我的舌头。

爷爷轻轻抚摸着我的头,递给了我一根雪茄。"恭喜你成功布置了自己的第一个陷阱,孩子。现在回家去休息一下吧。"

******

醒过来时,我大口喘着气,完全被吓坏了。以前,每当我从那些丛林梦里惊醒时,妈妈都会安慰我说:"那只是个噩梦,路奇。只是做了个噩梦而已。"我试图用她的这番话来安慰自己。

可那并不只是一场梦而已。我的手里还拿着那根雪茄。

第六章

路奇·林德曼在床下面藏了东西

昨天吃过晚饭，爸爸发表完"真正的男人不靠打架来解决问题"的宣言后，他来到了我的卧室门口。

"你要帮我把旗子降下来吗？"他问。

我跟在他身后来到房子前面的草坪上。在那里我们降下了POW/MIA旗和一同挂在上面的美国国旗。通常都是他一人来收旗子，所以我很乐意帮他把两面旗叠成完美的三角形。

之后他就去餐厅继续工作了，我则回到房间看书。书名叫《弹无虚发》，讲的是美国历届战争中的狙击手的故事。劳拉·琼斯总是说我读这类战争题材的书会让我变得很奇怪，不过我也无法理解她迷恋那些有关精灵和魔法的书，所以我想我们扯平了。

在我大概九岁时，关于爷爷的梦每隔两个月就会出现一次，从那以后我就开始读尽可能多的关于战争的书籍。我小学的图书馆里有一套《世界百科全书》，有一天，我把收录了词条首字母为U–V的那一册抽了出来，在第327页找到了"越南战争"的介绍。尽管我根本不知道里面讲的是什么，但我还是埋头读了起来。上面写了各种各样我从未听过的地名（"东京湾""老挝""柬埔寨""中南半岛""胡志明市"），还有许多日期（"1957年""1964年""1973年""1975年"）及数字（"美国参战士兵人数约9,000,000""58,000人牺牲""300,000人受伤""2,300人失踪"）。里面附有三张照片：一张是一架直升机在距离丛林空地上方几米之处盘旋；一张是聚集在华盛顿特区的国会大厦前的那些反越战抗议者；还有一张是在1975年"西贡大撤退"时一群蜂拥挤入一架直升机的越南人民。

每次去图书馆，我都会重新阅读第327页的内容，想知道自己能否理解更多的内容。就这样一直持续到中学阶段，那时我也开始阅读其他有关越南战争的书籍。我终于弄清楚了"查理"原来是我们对敌军的称呼，他们是战胜了我们的士兵。

十二岁那年，我曾到阁楼上去找一双旧棒球手套，就在那时我发现了一只箱子——一只从奶奶珍妮丝家带回来的箱子，里面装满了有纪念意义的物品、文件、书籍和有关爷爷哈利案件的信件。虽然当时晚春的天气已经开始炎热起来，阁楼上闷热难耐，我还是翻遍了箱子里的每一件物品，仔细阅读了每一个文字。就是在那里我找到了《弹无虚发》；就是在那里我找到了奶奶与政府的全部通信；就是在那里我才发现她是"POW/MIA"运动中的重要人物，她曾在很多集会和国家级会议上发表讲话，为失踪士兵的家属提供帮助。箱子里还有很多的剪报，其中一张篇幅很大，上面报道了政府决定将所有的失踪士兵划为"假定死亡"，而奶奶对此表示拒绝。

报道中还引用了她的话:"没有人向我证明,我的丈夫已经在东南亚某处丧生。因此,对我而言,只要有一个人还活着,我们为其肩负的责任也不能仅此而已——为了整理文件就假定他已经死亡。"

这些足足二十多页的剪报记录了她受邀奔赴全国各地去演讲。有些报道还附有照片,里面甚至有一张摄于白宫。这让我意识到奶奶和爷爷一样,都是英雄。

在箱底,我发现了一只鞋盒,里面装满了从爷爷哈利参加军训开始一直到被捕前他与奶奶的全部情书。我把它拿出来,藏到了自己床下收纳旧变形金刚的箱子里。

其中有一封信,我每天都要读一遍。

亲爱的珍妮丝,

　　对不起,我这么久才给你写信。八月份的时候,他们突然把我从排里调出来,派到龙边郡的山里训练。现在我是一名美军狙击手了。

　　上周,我在一棵树上坐了不止二十四个小时,去监视村里的一个越共间谍和他的家人。当我将他击毙时,我看到他的妻子和孩子们都扑在他的尸体上。珍妮丝,天知道如果有谁敢这样对你,我一定会把他们打入地狱,让他们后悔莫及。我和父亲一起射杀鹿的时候从未有过这种感觉。

　　可我不想让你知道这些事儿。你这么美好,理应

第六章　41

听到美好的事情。有件事一定能博你一笑：他们给我取了一个外号。因为我的表现实在是太出色了（已确认击毙二十名敌军），敌人竟然悬赏了我的人头，不过直到现在查理都无法抓到我。因此，我的排里都叫我"幸运[1]"。幸运·林德曼（Lucky Linderman）。听起来还蛮顺耳的，对不对？

有时我会梦到你，梦到你的皮肤、你身上的味道。我知道这一切很快就会结束，我们又会亲亲热热的。前线的男孩们会看带有性感照片的成人杂志，他们都在谈论有朝一日要与那样的女人欢爱，可他们到底还是群孩子，无法理解爱是什么。他们在这里学会了仇恨。我很难过，他们先学会了恨，也许永远无法学会去爱了。也许他们今生今世都会与你这样的女人擦肩而过，我为他们感到遗憾。

我等不及要成为维克多的好爸爸和你出色的丈夫。珍妮丝，这都是你应得的。自从那天我在化学课上看到穿浅黄色短裙的你，我就想让你的每一天都过成圣诞节。我知道等我一定很辛苦。请一定记住我有多么爱你。

奉上我全部的爱
哈利

---

[1] 主人公"路奇·林德曼"的名字即为 Lucky Linderman。

这是奶奶收到的最后一封私人信件。从那以后,他便失踪了。

没人能解释清楚。阁楼上的那只箱子里有厚厚一摞政府的来信,要求我们把爷爷哈利的状态更改为"假定死亡"。但是他们没有提供任何证据。没有骨骼、标签或任何相关的物品,也从来都没有人归还过他的结婚戒指或牙齿。最后,他们在未经奶奶允许的情况下更改了爷爷的状态,这根本就是一个谎言。

奶奶最后一次听到爷爷的消息,是在战争结束十四年后的1987年,据说他还活着,被关在老挝的一个战俘营里。这个消息来自十五个不同的人——他们中大多数是难民、船民,这多亏了奶奶以前工作过的"POW/MIA"组织。老挝人民军在越战结束后遣返了极为少数的战俘。

还不到十二人。

严格来说,我们并没有与老挝发生过战争,所以这没关系。我们的政府想推动国家进入一个更加积极的政治时代,这也没关系。可对于那些在老挝失去亲人下落的六百多个家庭来说,这有关系。

当然,人们会想当然地认为,这些没能从战场上回来的人是死于丛林疾病。丛林疾病真是糟透了。这些疾病包括痢疾,患病后你会不停地腹泻便血致死;还有疟疾,患病后你会发高烧、身体酸痛、呕吐并抽搐致死。还有一种叫作脚气病[①],这可

---

① 原文为"beriberi",读音听起来像浆果。

与水果没什么关系,患病后你会突然消瘦、浑身疼痛、精神错乱、四肢肿胀、下肢麻木并且心脏出现异常致死。

人们也会想当然地认为,这些失踪的人是死于各种战争创伤,比如刺痛伤口的弹片、酷刑的伤害,以及陷阱导致的严重感染,因为那些长钉上裹着各种各样的感染物。不过仍然有人在经历所有这些可怕的遭遇后幸存下来。众所周知,当时老挝的军人会将活着的战俘扣押,以此作为政治谈判的交换条件或离开他们不稳定的国家的车票。

所以,每次政府试图让奶奶在一张声明哈利死亡的文件上签字时,她都会反抗。我能看见她说:"随你们怎么想!我的哈利还活着!"因为奶奶认定爷爷一定会跨越一切艰难险阻来见她最后一面的。

当然,现在我也对此深信不疑。

营救行动 101 号——和弗兰基玩金拉米

我和爷爷还有他的看守弗兰基一起坐在丛林的树冠下玩金拉米纸牌游戏。我势头不错,爷爷有些心不在焉,因为他正忙着把他脚踝上的那些红蚂蚁拍下去。他的左手有三只手指不见了。

"难道你们没在被什么东西啃咬吗?"

我低头看了看自己的脚踝:"没有。"

弗兰基没有理会我们,他正在全神贯注地看着手中的牌。

爷爷站起身来，看到自己的椅子刚好压在了一个蚂蚁窝上，于是他挪向牌桌的其他位置，继续玩了起来。

弗兰基看向我，问："你和学校里的那个混蛋解决得怎么样了，路奇·林德欧－曼？"

我耸了耸肩，说："还凑合应付得了。"我已经很久没有和爷爷提起纳德的事了。我怎么能和一个失去了四肢或牙齿或整个糟糕人生的倒霉蛋，去抱怨在课间拧我乳头的家伙们呢？我知道爷爷告诉过我，无视纳德没用的话就来找他。我也想找他，可是在现实生活中，我已经不再跟大人说起这些事了，在丛林里，我又觉得这样的抱怨太叽叽歪歪。

而且我去那里也不是为了发牢骚的。我是为了智取弗兰基，必要时置他于死地，然后营救爷爷。

"金拉米！"我喊道，放下了手中的方片顺子和四张Q。

弗兰基抄起他的步枪，用枪口顶住了我的脑袋。"你为什么不说实话呢，孩子？"

爷爷此刻站起身来。"弗兰基，把枪放下。"

"可他没有实话实说，哈利。他在撒谎。"

我弯下腰，朝着弗兰基的肚子猛击了一拳，从他的手中夺过步枪，然后把他踹倒在地，光脚踩在他的脖子上。爷爷坐在了他的身上，我举起枪，把枪口顶在弗兰基的脑袋上。

"我过得怎么样和你没有他妈的半点儿关系，"我说，"明白了吗？"

他飞快地点着头，我那根扣着扳机的手指紧张地抖动着。

第六章　45

"不要杀我！求求你了！"他说。

我放声大笑，但手指就是扣不动扳机。

爷爷说："路奇，不要。"

"我要带你离开这里，爷爷。永远。永远。"

"我放你们走，"弗兰基说，"你们走吧，我不会再见你们的！"

我一脚踹向了他的脸。瞬间，血顺着他的鼻子流了下来。

"住手，路奇。"爷爷说。

"你为什么要护着他？他整整折磨了你一辈子啊！"

"他也一直在养活我。"

我盯着爷爷，他一定是患上了什么怪异的斯德哥尔摩综合征，就是你会对绑架你的人产生感情之类的。

"他给你洗脑了，真该死。"我说。我将枪口对准了弗兰基的太阳穴。"我带你回家。"

当我感觉自己的手指扣下扳机时，我就醒了。

******

摆在我枕头旁的是获胜时手里的那副牌。一张黑桃A、方片顺子以及四张Q。那些纸牌沾满了有足足四十年的丛林的泥土。

我拖出床底下存放变形金刚的箱子，把纸牌放了进去。里面还有我这些年收集的所有丛林梦境的纪念品：有我十岁那年发现的一根生锈的枪栓——那是我第一件收藏品，有我完成第一个陷阱时找到的雪茄，还有一小块钉满了钉子的木头、一只石化的青蛙、两块石头、一张地图、一只空的作战口粮罐头盒子和各种各样的金属零件。

我仰面躺了一会儿，感觉自己就是一个<u>丛林英雄</u>。可随后我听见了妈妈和爸爸在客厅里说话，我才想起自己只是一个住在郊区的软弱的失败者。

第七章

路奇·林德曼没有在做炒蛋

由于"黄油面包桌"北欧自助餐厅周一休息,因此在夏天我们家的周一就是普通人家的周日。妈妈要爸爸尽可能地在家待上一整天。不过,他一般都只能坚持到下午三点,之后我们做的事就会让他抓狂。早上十点左右,妈妈来到我的卧室门口问:"路奇?你想吃点儿早午餐吗?"

我呻吟着告诉她我十分钟后过去。

透过一只半睁半闭的眼睛,我看到她把一条游泳裤放在了我的五斗橱上。"我去年买的时候你穿着太大了。我想你现在穿应该正合适。"

当我来到厨房时,才发现自己中计了。鸡蛋好好地躺在空碗旁的纸盒里,打蛋器就放在碗旁边的橱柜上。冰箱旁有一条面包,炉子上还放着空煎锅。

哦,我的天!不是吧,又来了——每月一次的"烹饪关怀活动"。

我还没来得及转身回到房间,爸爸就走到了我的身旁,妈妈站在厨房的门口。

"想吃法式吐司还是炒蛋？都听你的。"爸爸说。

"我都无所谓。你们定吧。"我说。

"不行，"妈妈说，"你来做主！"

我走到储存麦片的柜子前，抽出了一盒谷物麦圈，然后拿过一只碗，正要从抽屉里取出勺子，却被爸爸阻止了。

"来吧，伙计。做着玩儿。我们一起准备早饭吧。"

"为什么？"我问。

"那为什么不？你为什么不再想和你老爸一起做饭了？"

"不知道。就是觉得自己做不好。"我说。

"你曾经是个很棒的厨师。难道你不是家里唯一一个敲鸡蛋取蛋液时不掉蛋壳的人吗？"

"估计现在不行了。"

"熟能生巧。还记得吗？我们以前经常一起做松饼和华夫饼呢。"

那时我七岁。那是我前半生的事了。我没把这话告诉他。

"我吃麦片就行。我也不是很饿。"

"我想那不是真正的原因。"爸爸说。

我感到身心俱疲，心烦意乱，没办法再和他继续纠缠下去。如果爸爸想要聊一聊真正的原因，那么我决定好好地和他聊聊。我把谷物麦圈放在餐桌上，直视着他的眼睛。

"我不想再聊食物了，你就会聊这个。我不想和你一起做饭，也不想再和你一起看那无聊的烹饪频道了。"我说。

他站在原地，沉默地盯着我。

第七章 49

妈妈开口说:"你爸爸聊的不只是食物啊。"叛徒!

他小声嘟囔着,好像我们听不见似的。他说自己做什么都不够好。

"不,如果你努力了,那就会足够好,"我反驳说,"可你并没有。"

他看向了妈妈,妈妈耸了耸肩。她低下头,像是赞同我的话。这个疯狂的两面派。

"看来这里不需要我了吧。"说着,他走到操作台前,抓起了他的钥匙。

"实际上,爸爸,问题就在这儿。我们需要你。你知道吗,我真的很需要一个父亲。"

他把钥匙重重地拍在操作台上。"该死!你根本就不知道没父亲是什么滋味!你都不知道你有多幸福!"

他径直穿过了前门走向车子,接着他坐进车里,把车倒出了停车道,然后扬长而去。

妈妈叹了口气。很重很重。随后她在餐桌前坐了下来,又叹了口气。很重很重。她用指尖揉着额头,不知道该说些什么。

然后她站起身来,把打蛋器放回到抽屉里,说:"你为什么就不能找点乐子,和他一起用鸡蛋做点吃的呢?这就是他需要的。"

"好吧,我也有需要啊。可当我需要的时候,他不在身边,不是吗?"我问:"自从过完十三岁生日我就放弃尝试了,还记得吗?"

在我十三岁生日来临前的那一周，我实在受不了爸爸只关心食物了，所以我通过绝食以示抗议，直到妈妈把我送到了医院。我估计大概有六天没吃东西了。医生对我进行了检查，又问了我一大堆有关胃肠的问题——主要是关于排便以及是否有任何疼痛的症状。

"你看起来一切正常。"他诊断说。

"我没事。"

他看了看坐在诊疗台旁的妈妈，说："罗莉，你介意让我们单独聊聊吗？"

她离开诊室后，他又转过身看向我，说："你想和我说说究竟发生了什么吗？"

"我恨我的父亲。"我说。

"为什么？"

"他一直在工作，根本不关心我们，"我继续说道，"他几乎不和我们说话。"

"我父亲也很少和我交谈，"他说，"可我并没有因此就不吃饭。"

"那你是怎么做的？"

他换了一种语气说："等我长大了我才知道自己当时有多傻。"

回家的路上，我问妈妈："你有没有想过，如果你是一块猪排或一只羊腿的话，爸爸肯定就会更关注你？"

她大笑着说:"没错,路奇。我的确有过这种感觉。"

"那你会怎么做?"

"我不知道。"她说。但我知道。她会让自己游更多圈。

第八章

你需要知道的第四件事——蚂蚁

今天的弗莱迪游泳池看上去极其清澈诱人。妈妈向经理金赞叹着出色的水质，金说这与某种含钙物质的含量有关。在七月一个阳光明媚的星期二，我们这儿可真是让人兴奋。说真的，还能再无聊点儿吗？

我直奔更衣室换衣服，发现妈妈给我的新泳裤不是那种烦人的超大号鼓鼓囊囊的款式，这让我挺高兴的。虽然泳裤有点儿花哨，可至少我爬梯子上来时它不会往下掉，露出我的屁股沟。而且我敢肯定穿着它能做出更完美的跳水炮弹。

我刚走出房间就遭到了纳德的埋伏。

他铆足了力气扭扯我的胳膊，劲儿大得我感觉自己的肩膀快要脱臼了。接着他就把我推倒在水泥地面上，用膝盖抵住了我后背中间，就像电视上的那些警察对付犯人一样。他把我的脸扭向一边，然后用力把我的侧脸压向晒得滚烫的水泥地上。我能感觉到脸上的皮肤在被灼烧。

在如此近的距离下，我看到了那些令人眼花缭乱的微小颗粒。我能看到蚂蚁眼中的微观世界。山脉和峡谷——小山是从小吃摊掉落的面包屑，峡谷间的河流是从浴室之间的饮水机下方水管裂缝中流出的水迹。

纳德按住我的脸在水泥地面上摩擦——就像把它在砂纸上慢慢打磨一样。他问我："看到你招惹我的下场了吗，林德曼？"

我一言不发，只觉得脸上火辣辣地疼，不禁绷紧了脸。他磨蹭得更狠了，我敢发誓我的颧骨都要被他压碎了。我能感觉到脸上的皮肤在融化。但我感到了一种怪异的快乐。平静。就好像我要疯了。

我面前的水泥地上出现了一群蚂蚁。一群跳着舞的蚂蚁，微笑着的蚂蚁，正在举办宴会的蚂蚁。其中一只蚂蚁告诉我再忍一忍。"挺住，孩子！"他举起了一只盛放马提尼酒的玻璃杯对我说："很快就会结束的！"

"回答我！"纳德吼着。

时间慢了下来，我的思想完全被现实操纵了。我说不出话来。我想他根本就不知道自己用了多大的力气把我的脸压在水泥地上。不过，混凝土的味道还是不错的。蚂蚁们继续跳着舞。

丹尼扭过头去看着墙壁。

纳德又问："看到你招惹我的下场了吗？"

丹尼说："说话啊，老兄。他不会继续为难你的。"

"回答我！"纳德再次向我吼道。

我不知道该如何回答，于是问："我做了什么？"

他大笑着说："你让我很不爽。记得吗？你帮助了那个小贱人！看到了吧？这就是报应！说！你完蛋了！"每当他发出一个音时都会猛拉我的脸。

我全神贯注地感受着脸上皮肤剥落的感觉。我想知道等这一切结束后,蚂蚁会不会吃掉我的皮肤。蚂蚁会吃皮肤吗?

"快说,林德曼!完——蛋——了。"

我重复道:"我完蛋了。"

"现在把你的臭嘴给我闭得严一点儿。"他凑近我的耳边说。他贴得非常近,我都能闻到他早上用的牙膏的味道。

他站起身,大摇大摆地走向了停在更衣室后面的自行车,然后骑车离开了。

就在我躺在地上的那一两秒钟,一个七岁时有关变形金刚的旧梦重现了。我变成了擎天柱,身体和游泳池一般大。纳德成了我脚下的尘埃,我把他踩得和干瘪的土豆一样,再将他关在我的战俘营中。那里有很多竹子制成的长钉。我逼他吃下了老鼠屎。蚂蚁们哄笑成一片。

我坐了起来,倚着更衣室的门框。经理金眯起眼睛看我的脸。

"我的天哪,路奇!"

我眨了眨眼睛。

"你没事吧?"

我无力地点了点头。与此同时,我强忍着狂笑,竭力控制住内心那个还在看蚂蚁跳舞的疯子。其中一只蚂蚁正在开香槟,酒瓶的软木塞"砰"的一声被顶了出来。另外一只蚂蚁架起了一根跳林波舞①用的竹竿。

"谁干的?"她一边问一边四处张望。我瞥了一眼丹尼,那家伙正站在小吃摊柜台的后面,脑袋探到窗前,伸长了脖子观察我们这边的情况。

金问他:"谁干的?"

他耸了耸肩。真是个混蛋。

"快起来。我得给你处理下伤口。"她说着扶我站了起来。她示意值班的救生员去找我妈妈。我伸手摸了摸右侧的脸颊,伤口那里血肉模糊,疼得就像我八岁骑自行车撞伤后留下的路疹子。

"忍着些。这只是水,别担心好吗?"她手里握着一瓶蒸馏水,那姿势就像我拿着芥末酱往热狗上挤一样。她开始冲洗伤口——准确地说是我的整个右脸。妈妈来到办公室门口,身上裹着一条毛巾。

"路奇?你这是怎么了?"

"我——唔——被——唔——"我结结巴巴说不清楚,因为她伸出胳膊搂住了我的肩膀,贴近了去查看伤口,脸上浮现出一种极度担忧与愤怒交织在一起的表情。虽然她对我非常温和,但是我能看到她内心的那只鱿鱼已经把四周的一切都喷上了墨汁。

"他不肯说是谁干的。"金向妈妈解释说。

---

① 西印度群岛的一种男子杂技性舞蹈,舞者须向后弯腰,连续穿钻离地面很低的若干横竹竿。

"我们这就回家。"说完,妈妈转过身气冲冲地朝我们的东西走去。

金蹲下来,一边往我伤口上涂新斯波林抗生素软膏[1]一边看着我:"伤口不包扎的话愈合得会更好。"她冲我点了点头,然后伸出一只手扶住了我的胳膊。我和她认识很久了。她曾帮我在磕破的脚趾上贴创可贴,帮我处理被蜜蜂蜇伤的脚掌。她对我说:"孩子,你必须告诉我是谁干的,这样我才能不让他踏进泳池半步。"

我满脑子想的都是那群人在更衣室里对那个可怜的男孩的所作所为,以及他们的嘲笑声。

我郑重其事地直视着她的双眼,低声说:"是纳德。"

她半信半疑地看着我:"麦克米伦?他压根儿就不在这儿呀。"她探出头去看纳德经常停放自行车的车架,此时那里空空荡荡。

"丹尼目睹了全程,"我说,"问问他就知道了。"

"他为什么要怎么做?"

"他说这是我的报应。"

"除非那个小混蛋被报应咬到鼻子,否则他才不懂什么是报应呢。"她本想逗笑我,可我笑不出来。

她向我解释说她很为难。她知道应该解雇纳德,可是如果纳德被解雇了,她就少了一名救生员,而在七月很难招聘到救

---

[1] 一种抗菌之痛药膏,对烫伤、割伤、划伤等引起的疼痛能够有效缓解,并且可以预防感染,起到一定的消毒杀菌的作用。

生员。

蚂蚁们说:"胡扯,巴拉巴拉巴拉……"

我看到妈妈在远处独自比比画画。她一直嘟囔着走到野餐垫前,收拾好我们的东西,然后又转身朝办公室的方向走来。当她再次来到我坐着观看蚂蚁跳林波舞的地方时,金正在写字板上写报告。她和妈妈交代了一下刚才所发生的事,她们决定将此事交由泳池的董事会处理,因为金承诺要给予纳德"纪律处分"。

我们准备开车离开前,妈妈把包粗暴地扔进了后备箱,里面的东西全都掉了出来。她在驾驶座上铺了一条毛巾,然后猛地一踩油门,车子驶出停车场时都把橡胶烧焦了。

这样的她我还是第一次见到。

到了原本应该向左转的十字路口时,她却驶向了右边,一直开到二十分钟车程外的大商场,把车停进了停车场。她没有熄火,这样空调可以继续吹着冷风,她转身看向坐在后排的我。

"在车里等着。我一会儿就回来。"

她"砰"的一声打开了后备箱,找出背心裙套在了泳衣的外面。接着她从包里拿出手机,倚着保险杠拨通了号码。我能听到她的声音,而且我知道她在和爸爸打电话。虽然无法听清每个字,但是我听到她说了句:"是吗?那错的是你!"她朝车内看过来,我避开了她的目光。

最后,我听见她一边走向商场双开的大门一边说:"我真的受够了!"

此刻我只想逃离。我只想重新开始。我不想和爸爸说这件事。我感觉自己就是一个废物，一个没用的人，又一个林德曼家的失败者。我只想睡一觉去找爷爷，并且和他永远待在梦里。

营救行动 102 号——在泳池里设陷阱

我又在水坑里了，不过这次没有青蛙雨。实际上根本就没下雨。现在是晚上，天空中看不到月亮。水坑里没有水，周围的空气又热又干。我有一些竹竿、一把长刃猎刀、一副乳胶手套、一只特百惠牌子的保鲜盒，盒盖是易拉式的，里面装的是某种棕色的东西。

我把每一根竹竿都插进土中，还用力捶了捶上面，为了让它们插得更牢固。随后我用猎刀挨个削尖了竹竿顶部，直到这些二十根直立的竹竿变成一张足够容纳一个巨人的钉床。

我停下手里的工作，四下寻找爷爷的身影。我发现自己并不在丛林里，而是在弗莱迪游泳池里，就在更衣室门旁边的铁丝网眼栅栏的边缘处。我所在的地方就是罗纳德平日的秘密吸烟据点，或是其他烟鬼吞云吐雾的地方。蚂蚁们也在这里。它们正在抽烟，头上都戴着尖顶的派对帽子。我不想待在这个地方。我想在丛林里，和爷爷一起。

"爷爷！"我压低声音喊道，"喂！"

没人回应。那些蚂蚁也没有理会我。

我让双眼逐渐适应夜里黑暗的光线，看到了一些熟悉的泳池的景物：跳水板、水上滑梯和那棵大橡树。我低头看了看自己的身体，是那个梦中肌肉发达的自己，这倒是让我松了口气。就算逃不出弗莱迪游泳池，至少我能摆脱现实中在弗莱迪游泳池的自己。我决定游一次夜泳。我打算先来个完美的前空翻，这是我在现实生活中无法做到的。我站到跳水板上，原地起跳了几次，然后完美地完成了向前翻腾一周半入水。

入水后，我沉浸在水中，觉得自己属于这里，这就像是我的泳池。我沿着泳道游了一圈自由泳，接着又游了几圈蛙泳。我想既然在梦里我能完成向前翻腾一周半的跳水队动作，那么或许我也可以试试蝶泳。我游了一圈蝶泳，足以让妈妈引以为傲的那种。

当我游到浅水区的那一端准备停下来调整呼吸时，我听到有人在鼓掌。是爷爷。这次他没了左腿。这让我想起自己身处于战争之中。我伸手摸了摸自己的脸颊，摸到了那个未愈合的黏黏的伤口。于是我跳出泳池，擦干了身体，准备回到水坑那边。设下这个陷阱当然与营救爷爷的主要任务没什么关系，但现在那些无关紧要的人要倒霉了。去他的规则，去他的战略，去他的营救。纳德必须死。

爷爷指着水坑问："你打算坑人？"

我点了点头。

"不过，在这里可不值得称赞，对吧？"他一边说着，一边扭着一颗坏掉的牙，接着他把那颗牙从牙龈上直接扯了下来，扔了出去。牙齿越过了栅栏，掉在了马路上。

我说了句:"我只是在做自己该做的事。"然后走到事先准备好盖在洞口上的那卷草皮旁,把它拖到要盖的地方。

就在这时,爷爷不见了。我面对着特百惠的保鲜盒和水坑。当我最后一次钻进坑中时,想起了爷爷对我的说教。这只是一场梦,对吗?我不是真的在游泳池设陷阱让纳德掉进去丧命,对吗?爷爷消失了是因为他为我感到羞愧吗?

我戴上了手套,拿起特百惠的盒子,按开盖子时,一股臭气扑面而来,让我忍不住干呕。我把盒子里的东西薄薄地涂抹在每一根篱笆上,然后把保鲜盒和手套扔到坑底。我爬出水坑,摊开草皮,仔细地盖在坑顶,仔细地抚平它以便完全遮住陷阱。我告诉草里的蚂蚁赶快逃命,否则会被淹死。它们回到水泥地上继续抽起了烟。我拿起给婴儿泳池注水的橡胶管给草皮浇了浇水,以免草皮干枯,看起来不对劲。

我摸黑走回家的时候,看见爷爷在距我前面不到 100 米的地方用仅剩的那条腿跳着前行,可无论我跑多快我都无法追上他。

******

"路奇?"

是妈妈。她在叫醒我。我们到家了。

"在车里睡觉太热了。快起来。进屋去睡。"

她走下车后,我又在后座上躺了一会儿。因为在梦里游泳,我的头发还是湿漉漉的,双手还残留着乳胶的味道。我坐起身

第八章　61

来，瞧了瞧后视镜里自己的脸，不禁皱起了眉头。

当我进屋时，爸爸什么也没说，也没有看我。妈妈在他面前挥着一叠纸，是机票。"我们去坦佩待几周，得让路奇远离那个孩子。在我们离开的这段时间希望你能采取些措施。"

"坦佩？亚利桑那州？在七月这个时候？我们就不能待在这儿吗？"我问。

"我不是一时兴起，"妈妈说，"我想去看望我的哥哥，顺便离开这里一段时间。而且，我觉得这对你有好处。"她想说的是，我们不知道还有谁家里后院带泳池，能让她这只鱿鱼有地方游泳。

"我觉得这对你们俩都有好处吧。"爸爸说。

她看了他一眼，那目光足以让他低头盯着地板，闭上嘴巴。这并非和我有关。或是纳德。或是她想去看望她的哥哥。这明明是他们的错……而受到惩罚的却是我。

"我也不知道究竟有没有用，不过事情就是这样，我们还是收拾行李吧。"她对我说。

爸爸叹了口气。

我叹了口气。

她叹了口气。

蚂蚁们叹了口气。

虽然皱着眉头，不过我还是努力地给出了最乐观的回应："我也觉得会有好处的。我一直都想认识一下戴夫舅舅。"

第二部分

贴心旅伴堪比香车宝马。

——普布里乌斯·西鲁斯[1]

---

[1] 古罗马拉丁文格言作家,约活动于公元前1世纪前后,出生于叙利亚,后作为奴隶被掠往罗马城。他凭借自己的智慧和才能赢得了主人的青睐而被释放。不久即开始文学创作,并闻名遐迩。他的作品现仅存残篇。

第九章

你需要知道的第五件事——这个计划很烂

我和妈妈抵达了菲尼克斯天港国际机场,她不让我上自动人行道①。"没必要急急忙忙的,反正行李还要等一会儿才能到呢。"我们只带了一箱衣物,因为我们只有一个箱子而且出发前也没时间再去买一个了。妈妈用黄色胶带在箱子上贴了一个大大的"X",这样我们一眼就能认出自己的行李。

我们找到提取行李的转盘后,妈妈立即让我严阵以待,准备随时提起行李,自己则目不转睛地盯着旋转过来的箱子。我们看着箱子一个个过来,沉默不语。妈妈看起来很疲惫。

"罗莉!罗莉!罗莉!"

那声音听起来就像一只被卡车撞到的鸟发出的尖叫,让人无法忍受。妈妈轻轻皱了皱眉。

"茱蒂!嗨!"

她们给了对方一个拥抱。茱蒂舅妈对我点头致意。这个动作让她原本的双下巴又厚了几层。我点头向她回礼,像往常一

---

① 自动人行道:一种在机场、购物中心等地方使用的自动传送带,用于帮助人们在长距离内更快地行走。

样皱着眉。而且，当你的脸上有一块薄煎饼大小的结痂时，让脸动一动都挺难的。茱蒂舅妈不满地看着我的伤疤，好像我是故意弄伤自己惹她心烦。她没有对我说"很高兴见到你"，虽然大多数人初见时都会这么问候，比如说见到素未谋面的外甥的时候。

"就是那个。"妈妈眯起眼睛指着一个贴着黄色"X"的旅行箱说。其实完全没必要贴上标记，我们的箱子是1985年买的，现在旅行箱早就不是那个样子了。

"你只带了一件行李吗？"我把箱子用力拖下传送带时茱蒂问，"天啊，去年戴夫和我去墨西哥的时候，光我的鞋就装了一个箱子呢。"

"我不喜欢买鞋。"妈妈淡淡地说。

"好吧，能看出来。"

妈妈脚上穿着她唯一的一双凉鞋，一双扣环已生锈的勃肯凉拖。我突然为她不喜欢买鞋而感到骄傲。

茱蒂舅妈一直盯着我的伤疤。就算我没在看她我也知道，因为我能感受到她的视线。她低声对妈妈说："他没事吧？他看上去糟透了！"

对于她的话妈妈置之不理——看来妈妈已经在想象自己在茱蒂舅妈家后院的泳池里一圈又一圈地游泳了。

我们走出机场时，简直就像走进了比萨的烤炉里一样。我感觉自己就像一块被烘烤的面饼。天气热得离谱，我的汗都没等流下来就晒干了。我的眼球又干又热，还没走到停车场嘴唇

第九章　65

就已经裂开了，脸上的伤疤也皱缩起来。

等我们一坐进开着空调的车里，茱蒂舅妈便开始喋喋不休地介绍当地的旅游景点，好像我们是到这里来旅游的，可大家都明白我们不是。车程近半她才打开收音机闭上了嘴。当我们抵达舅舅家时，戴夫舅舅抱了抱我，随后拉开一臂远的距离恶狠狠地看着我脸上的伤。

我与戴夫只见过一面，是在三年前。他和妈妈是彼此唯一的兄妹，长得也很像——他们有着同样的发色和颧骨。他曾因为出差在哈里斯堡待了一个星期，当时他过来看望了我们。可那时我十二岁，大部分的时间都待在自己的房间里。现在他说："真想快点儿带你去看看我的健身房！""你喜欢看棒球比赛吗？"这些话让我确信接下来的三周或许没有我在机场时预料的那么糟糕。至少现在我们不再聊沙漠的落日有多美，或是这里的旅游景点多得数不过来，坐在后座脸上有结痂的那个人一定会喜欢的之类的废话。

简短的欢迎仪式后，茱蒂舅妈开始带我们四处转了转。这是一栋一层的房子，走廊很长，尽头就是茱蒂和戴夫的卧室。大厅另一端的房间里摆满了各式各样与兴趣爱好相关的物品：一台缝纫机、一台跑步机、一张制作剪贴簿的桌子和一台茱蒂家的电脑。那电脑看起来有年头儿了，内存最多不超过 2 MB。地板上堆满了一摞摞的杂志，大多是《人物与我们》这一类的小报杂志。我们住的房间——一间摆放着两张单人床、一张梳妆台和独立卫生间的客房——就在客厅／厨房区域的侧面。

"请不要移动任何家具,"茱蒂说,"每个家具都摆放在能让这个房子产生正能量的位置。现在你们需要的不就是正能量吗,对不对?"她嘱咐的语气就像一名幼儿园老师。好像她那毫无意义的风水可以重建我们的家庭,治好我父亲遇事就当缩头乌龟的毛病,甚至能治好我脸上的伤口。妈妈找了个借口就去了客房的卫生间。

我把旅行箱抬到了妈妈的床上,盯着茱蒂舅妈。她终于领会了我的意思,这才低声说:"我想你们应该想单独待一会儿。"随后摇晃着走进走廊。我在她身后轻声关上门,重重地躺倒在床上。

妈妈穿着泳衣从卫生间里走了出来,右胳膊上搭着一条浴巾。她一边游一边和茱蒂舅妈聊天。茱蒂坐在泳池边,双脚悬垂在水中。我则打开客厅的电视机,想看看茱蒂和戴夫平时是否也看美食频道,不过他们没有这个频道。我又躺到床上准备小睡一会儿,就是得小心点儿不要翻到右侧,以免伤口粘在枕套上。

如果我根本就没睡着,这还算午睡吗?如果我只是躺在床上,听蚂蚁们在我的脑海中说些"哥们,这地方糟透了。简直太适合你了。或许你应该搬到这里住下。我们可以把这里为你重新命名为'懦夫州'"这样的话,那么这还算午睡吗?

真不敢相信,就在几个小时前,我还在弗莱德游泳池男更衣室门口被纳德·麦克米伦欺负。过了一会儿,我站起来,第一次对着客房的镜子查看我的伤口。创面已经干燥结痂,变成了一块又疼又丑的皱巴巴的高原。有些创口比其他的要更深。我敢发誓我的颧骨差一点儿就要被蹭出来了。不用想也知道我一定会留疤的,余生的每一天当我照镜子的时候都会想起纳德。

说点儿轻松的,它的形状就是一个迷你的俄亥俄州,可以说一模一样。我的眼球此刻正懒洋洋地漂浮在伊利湖①上,考虑着一会儿在上面滑水呢。

晚餐吃起来让我们觉得就像去养老院做客一样。青豆是糊状的。鸡肉的外皮沾满了半成品的调料粉,尝起来满嘴都是添加剂的味道。牛奶是呈淡蓝色的脱脂奶。我突然很想念爸爸。虽然他少言寡语,被需要时也不在身边,但是他会做饭。

"我们等不及要带你们去看大峡谷了!"吃饭时茱蒂说。

"你一定会喜欢的,路奇,"戴夫说,"那里可是个能改变人生的地方。"

好家伙!一点儿都没压力,伙计们。

我们谈话的内容——还是应该说是独白好呢——从旅游景点转移到了戴夫忙得不可开交的工作再到茱蒂和她的七次失败的节食减肥计划。她说她不能运动——因为背不好、膝盖疼、呼吸困难——这都是体重增加导致的慢性病。茱蒂说自己曾在

---

① 伊利湖(Lake Erie)是北美洲五大湖之一,也是世界第十三大湖,其名字来源于原在南岸定居的印第安伊利部落。伊利湖为美国和加拿大共有,东、西、南面为美国,北面为加拿大。

家里的那些杂志中读到像她这样的人往往会英年早逝。她还在另一本杂志中读到像她这种身体状态的人将来会身患残疾，要去适应残障人士停车位。她在《人物与我们》的杂志中看到一种清体饮食的减肥方法，参与者两周内只能喝柠檬水。

"这怎么可能呢？"茱蒂说。

妈妈回应说："和我一起游泳的一个女孩每年冬天都会进行清体饮食。"

茱蒂看着她，问："有效果吗？"

"呃。我不太清楚。我是说，对于她来说这个办法可行。不过你知道，不是每个人都能做到的。我是说，呃……"我从没见过妈妈如此尴尬过，"反正我是做不到。"

接下来是一阵天荒地老的沉默。没有人提起我的俄亥俄州形状的伤疤或妈妈的蝶泳游得多么好。没有人提起食物怎么样。

终于，茱蒂开口说："路奇，我看见你把衣服都堆在了窗下的地板上。我在梳妆台旁边放了一张桌子，你可以把衣服放在上面。"

"多谢了。不过我觉得放在窗户下面也挺好的。"

"可那样会破坏房间的能量。"她把一团高尔夫球大的青豆糊含在嘴里说。

虽然我曾在妈妈的一本书中读到过与风水相关的内容，但我还是决定装傻。"什么能量？"

"就是气呀。"她边嚼边说。

"什么?"我问。

"气!"她嘴里塞满了食物,不得不向后仰起头才能说出这个词。我和妈妈都有些局促不安,在林德曼家的餐桌上含着满嘴食物说话如同在食物上小便。

为了避免再看到茱蒂舅妈嘴里嚼了一半的食物,我们都不再说话了。我尝试着再吃几口,可是每嚼一口都伴随着疼痛。

我擦了擦嘴,对他们准备晚餐表示感谢。"不好意思,我有点儿困先去睡了,希望你们不要介意。"

妈妈给了我一个同情的微笑。"路奇,你的脸是不是很疼?"

我意识到整个脸都疼得扭曲了,看起来比平时更加痛苦。"没错,真的要疼死了。"

茱蒂起身拿着两片非处方止痛片回到了桌前,捡起了我的盘子。

戴夫把餐具放入水池。"我要回办公室办点事情。一会儿就回来。"他说着朝门走去,路过我身边的时候把一只手放在了我的肩膀上,说:"明天我就带你去健身房练练卧推,伙计。两周内你就能练出肌肉,把那个孩子胖揍一顿。"

茱蒂说:"不要怂恿他。"

第十章

路奇·林德曼不会弄脏您的地毯

第二天早上,我一起床就听见茱蒂舅妈在隔壁诊断我的心理状态。

"可他有那些征兆啊,罗莉!"

"你昨天才刚刚见到他。"

"不过……他看上去很抑郁。"

"他在倒时差,他还是个孩子。他很好。"

"他总是皱眉!"

"他就是这个样子。等你更了解他就明白了。"

我听到她们其中一人叹了口气。接着,茱蒂说:"你有没有想过你的婚姻问题可能会对他产生不好的影响?除了被霸凌之外,这也足以摧毁一个孩子的生活。"

"根本就没有什么婚姻问题,"妈妈坚持说,"我们只是需要休息一下。"

"在我看来你就是在逃避生活中的所有问题。你知道吗,戴夫也是如此。我觉得这样有害于心理健康。无论是对于你、维克还是路奇。我是说——"

"好了，别再说了。现在我脑子已经够乱了。"妈妈说。

"他可能有危险！"

我几乎能听到妈妈翻白眼的声音了。"他没有危险。"

"事实证明遭到霸凌的孩子比没有被霸凌的孩子更容易患上抑郁症。"

"他没有遭到霸凌。"

"难道他没被人欺负吗？那他的脸又是怎么回事？这不就是你们来这儿的原因吗？"

"听着，茱蒂，我并没有恶意，不过能不能请你不要管别人的事？"

我听到戴夫清了清嗓子。

"我才不会对一个有自杀倾向的孩子视而不见的，"茱蒂说，"要是他在这里自杀了怎么办？在我们的家里？"

"我的天啊。"妈妈叹了口气。我听见了她的脚步声。卧室的门开了，她在我的床边坐下："路奇，快起床，表现得开心点儿。你的舅妈担心你会自杀。"

八点钟，戴夫出发去上班了。在他走后，我拿出了随身携带的约瑟夫·海勒的《第二十二条军规》来到客厅坐了下来。妈妈正在游泳，茱蒂坐在电视前一边看访谈节目和新闻快报，一边趁着节目间隙反复浏览那些讨论电影明星橘皮脂肪文章的八卦杂志。在观看一档名为《菲尔博士》的访谈节目时，她全程都全神贯注的。两名大学生在辩解他们为什么会不重视自己的女朋友，当菲尔博士严厉批评他们时，茱蒂竟然欢呼起来，就像在看体育比赛一样。

妈妈游完泳把茱蒂给她的一瓶纯芦荟汁涂满了我受伤的那侧脸颊。老实说，那感觉还不错——清凉又舒缓——但是当我照镜子时，我看到我的俄亥俄州表面覆盖着一层透明的黏液或青蛙卵一样的东西。我看上去就像一个怪物。

午后时差导致的困意袭来，我考虑着要不要去水里游一游让自己清醒些。可我一走到室外就觉得太热了，只能待在屋里。这里究竟比家里好在哪儿？哪怕对我和妈妈任何一个人有好处？

我决定睡个午觉，就算茱蒂听了后冲妈妈扬起了眉毛，但那又怎样？

营救行动 103 号——救援路奇行动

我被困在一间气氛热烈的草棚里。草棚的门口竖着一面镜子，屋里还有两张面向东方摆放的椅子。这是一间风水监狱。几台摄影机架在棚里，菲尔博士也在。他问我遭到纳德·麦克米伦的霸凌多久了。

"他一直在霸凌我。"我回答说。

"能再具体一些吗？"他问。观众频频点头。

我叹了口气说："就是七岁那年，他在一家饭店的卫生间冲我尿尿，就是从那时候开始的。"观众都倒吸了一口凉气。"从那时起霸凌就再也没停止过。再也没有。"

菲尔博士探着身子问:"我的孩子,这些你对谁讲过吗?你告诉你的父母了吗?还有老师?"

我点了点头。

"路奇,我明白这种事情让你难以启齿,不过我需要你说出来。最开始的那件事你对谁说了呢?就是他对你尿尿的那件事。"

我摇了摇头。"我没对任何人说。当时我的父母都在场。我该怎么说?我是说——我总不可能往自己身上尿尿吧,对吗?谁会那么做呢?"

"这么说,当时没有人为你出头?"

我沉默不语。我抬起头发现观众正在丛林树叶制成的便签本上做笔记。蚂蚁们都穿着微型的白大褂,鼻尖上架着小眼镜。

"你当时是什么感受?"

"我不知道。"

"那我能说说如果我是你的话,我会有什么感受吗?"菲尔博士询问道。

我点着头回应他,因为我感到热泪就要夺眶而出。

"我真的会觉得很累。我觉得应该有人为我撑腰。"他停顿了一下,用一只手摸着下巴,看着摄像机,说:"你知道我想知道什么吗?"

我不知道他问的是我还是观众。丛林里的昆虫在"吱——吱——吱"地鸣叫。一只长相奇怪的啮齿动物从风水棚屋的一个角落蹿到另一个角落。

"我想知道的是,这个霸凌者的父母在哪里?为什么他们不知道,他已经恐吓了路奇整整八年之久呢?"

观众认真地听着他说的每个字。他又看向了棚屋左侧那台吊在升降架上的摄影机。"你知道最让人感到毛骨悚然的是什么吗?他们其实知道。"菲尔博士节目的主题音乐微弱地响起。"接下来,我们会和麦克米伦夫妇严肃地谈论此事,同时我们也会和路奇父母进行对话,这样我们就能确保路奇今天离开演播室时能感到有人在乎他。"

音乐声越来越大,菲尔博士从镜头前转过身面向我,说:"孩子,你需要找到一种方法把你孤立无援的委屈感从那里释放出来,"他轻柔地戳了戳我的心脏那个位置说,"你不能把它全部藏在心里。"可是我能听到的只有他刚刚对观众说的那句"和麦克米伦夫妇严肃地就谈论此事,同时我们也会和路奇父母进行对话"。

我紧急调动了一队红火蚁前往菲尔博士的西服裤子上。我下了命令,等他再次开口说话时,蚂蚁们就立刻去咬他。这样我就能逃出这个鬼地方了。

随后,爷爷拽着一条丛林的藤蔓荡了进来,从菲尔博士的风水凳上将我一把捞起,然后把我们俩送回了之前的那根宁静的树干上。我们肩并肩地坐在上面,晃荡着双腿。只不过,爷爷的右腿只有膝盖以上的那部分。

"我喜欢待在这里。"我说。

第十章　75

他眯起眼睛审视着我:"你确定?"

我用手指了指我梦中的体格。我浑身布满了强健的肌肉。我身穿一件无袖T恤衫,肩膀上紧实的三角肌就像两个小型的哈密瓜。

"哦,你是指这个呀,"他说,"你竟然愿意为了这个而放弃自己真实的生活?"他看着我,表情有些恼火。

"我的真实生活有什么好的?简直糟透了。"

"哼。"他咕哝了一声。我意识到自己刚刚可能说了这辈子最蠢的话。没错,我的生活是糟透了,但比起他的生活要好得多。于是我转移了话题。

"我最近一直在读关于你的事。"

"是在书里吗?"

"我一直在看珍妮丝奶奶留下来的那些文件,"接着我有点儿害羞地补充道,"还有你写的信。"

他点了点头,问:"你看了那些信吗?"我突然觉得很不自在。"某些夜里我会梦到她。我梦到了我们高中相遇的时候。梦到了每个周五的晚上我们都会和朋友们一起去的那家小餐馆。我们会炫耀自己的车,吃汉堡、薯条,或想办法搞到一瓶啤酒,"他不禁笑了起来,"那时我们只是一群懵懂无知的孩子,根本不知道后来会有怎样的遭遇。"

"你指的是那场战争吗?你们都被征召入伍了?"

他点了点头,说:"珍妮丝在写给我的信中说,战争开始的前三个月内我们就失去了斯密提和卡鲁索。要知道,他们可都是主动参军的。卡鲁索被地雷炸成了碎片,斯密提被队友误伤击中。然后就轮到了我。当初那群周五一起出来玩的朋友中只有汤普森活了下来。因为他后背有毛病,还有扁平足,所以他逃过了这场噩梦。"

"我也是扁平足。"我这样说。因为他提起那些死去的朋友时看起来很悲伤。

"孩子!我们一起经历了很多快乐的时光!我们曾经周末一起去打猎、露营,一起抽烟,从我们父亲的橱柜里偷酒喝。"他停下来,看着我,"路奇,难道你没有过这些经历吗?"

"我曾试过抽烟,因为丹尼想抽。我不喜欢。"

"没有打过猎?"

"没有。"

"露营?"

"没有。"

"追女孩儿呢?"

"没有。"

他有些担心地看着我,问:"你有朋友吗?"

"算有吧。但也不是真正的朋友,以前丹尼是我的朋友。"

"后来怎么了?"

"纳德让他和我作对。"

"纳德这小子真是自寻死路,"爷爷说,"那你和哪个大人提过这个孩子的事吗?"

"他们都害怕他爸爸。"

第十章　77

"他爸爸怎么了?是个疯子还是什么的?"

"他是个律师。"

"唉,"他叹了口气,"那你爸爸呢?他就不能和这个律师谈谈吗?"

我不忍心回答这个问题。

第十一章

"扑克脸行动"——高一

就在伊芙琳·施瓦茨向教导处哭诉我的调查问卷有多么"病态"的三个月后,林德曼一家再次被请来学校开会。这一次我所有的老师都在场,包括我的社会课老师波特先生。

"他在我的课上没有表现出任何问题,"教我们高等代数Ⅱ的老师冈瑟先生说,"我正想问他要不要放学后留校辅导功课赚些外快来着。"妈妈和爸爸扬起了眉毛,点了点头。那样的话,我肯定会拒绝的,因为我不想在学校待到很晚,那个点刚好是纳德的小团体在走廊里成群游荡的时间(或者也可以叫摔跤练习)。

"他在我的课上表现得也不错。"世界上最好的生物老师瓦德纳女士说。在她的课上能拿到 B 我就心满意足了,因为她的课都是硬核知识。

接下来的每位老师对我的评价都差不多。我的成绩不错。我几乎要得意地扬起嘴角,不过还是忠于"扑克脸行动",只是点了点头。

直到轮到了"悍妇"。"悍妇"是我高一那个学期的体育老师，她也有一张"扑克脸"。她个子不高，大腿有西北印第安人的图腾柱①那么粗，还有一张与之完美匹配的图腾图案一样的脸。她每天都穿同一个款式的衣服——传统的条纹教练运动服搭配一件弗莱迪高中女子运动队的T恤衫——只是颜色不一样而已。

"路奇这个月在我的课上缺勤很严重。如果他继续这样，这门课就会不合格。"

没错，自从在更衣室发生了香蕉事件后，接下来的几节体育课我都躲在空无一人的礼堂里。

爸爸转头看着我，问："你能解释一下吗？"

"我只是不想进到更衣室里。就是，那些传言？"

他们全都直愣愣地看着我。没有一个人点头或做出任何表情，以表示他们明白我所说的话。

最后轮到了博特先生。他说既然我的第一个社会调研的项目主题有些"不那么合适"，我应该再想一想其他的主题。

我把头埋进书包，拿出了一张图表。"我想研究越战时彩票式的征兵方式，想看看如果现在是七十年代，我们班会有多少同学被选入伍。"

他们都点头表示赞同。我朝"大鱼"看去。他的年龄看起来应该有六十岁左右。我问："请问您是1951年出生的吗？"

他扬了扬眉毛。"差不多。1955年。"

---

① 即Pacific totem poles，是北美大陆太平洋西北沿岸（从阿拉斯加至加州）的美洲原住民用木头立柱雕刻的一种文化象征。

"出生日期是哪一天呢?"

"2月27日。"

我看了一眼图表,说:"那您的号码是66。"

我转头朝冈瑟先生看去,还没等我开口,他便说:"8月21日。"

"恭喜您,"我说,"您的号码是275,不会被征用。"

波特先生看起来很惊喜。妈妈和爸爸一脸自豪。我不过是把高一社会课的技能简单结合了一下。完成调查问卷、制作图表、写论文、做汇报。我可以简单地呈现一天有多少学生穿蓝色的衣服,或者午餐时吃炸薯条和吃配菜沙拉的学生比率。但是,我希望我的调研还能起到别的效果。我希望能引发人们的思考。

我的第一个调研问题并非没有引人深思。它的确让人认真思考了。所有人。

我之所以这么说,是因为我的储物柜里开始陆续地出现大家填写完的关于第一个话题的调查问卷。堆成厚厚的一摞。

有一些明显是在开玩笑(有两人说他们要自慰致死,还有一个人说他选择被狂犬病牲畜咬死),而有些显然不是。有人说想用自己父亲的枪自杀身亡,或者割腕逃避所有的痛苦。在弗莱迪高中,虽然大家的储物柜从外观上来看没有任何个性化标识,但不知怎的,他们还是知道把问卷从百叶柜门的缝隙塞入我的柜子里。我曾想过要把它们丢掉,鉴于纳德会因此让他的朋友们嘲弄我。可我没有这么做,我把它们保存在了社会课

第十一章　81

文件夹的后面。

后来有一天，当我上完洗手间慢悠悠地走回教室的时候，我看见有人站在我的储物柜门口，手里拿着一页折起来的纸。是夏洛特·登特，一个很出名的高二女生（不是像啦啦队员那种受人欢迎，只要学校里出现了非常恶劣的绯闻，夏洛特往往都会是其中的主角）。其实关于她，我唯一了解的就是她喜欢挑战弗莱迪高中的着装规定，比如她爱穿过短的裙子、高度夸张的高跟鞋和紧身的吊带衫。那天，她却穿着牛仔裤和猫头鹰餐厅[①]的垒球T恤衫。我看着她把那张纸塞进了我的储物柜，然后就离开了。她竟然知道我和我的储物柜，这让我觉得有点儿荣幸。当然，我在回到班级前就取出了问卷。

问卷上的问题是：如果你打算自杀，你会用哪种方式结束自己的生命？答案是用粉色墨水的花体字写的：我会开枪自杀，但是在此之前我要先杀了纳德·麦克米伦。

[①] 原名"Hooters"，一个知名的美国连锁餐厅品牌，以其主题餐厅和服务员的啦啦队风格服装而闻名。在汉语中，Hooters通常被翻译为"猫头鹰餐厅"。

第十二章

路奇·林德曼可以卧推四十五磅 ①

戴夫舅舅下班回家时,我正夹着那本《第二十二条军规》从客房里走出来。"把书放下,跟我来。"他对我说。

戴夫舅舅把他那一半的车库改装成了一间健身房。他用一张硕大的帆布挂画将车库一分为二。因为茱蒂舅妈坚持要用她的那一半停放她的车,她说那才是车库真正的用途。而且每次提到戴夫的健身计划她都会嗤之以鼻。

戴夫向我一一展示了他的力量训练器械。"这是最近弄的吗?"他看着我的俄亥俄州地图问。

"昨天。"

"昨天?"

我点了点头。

"真的吗?"

我又点了点头。我看不出他是否知道那就是我父母争吵的原因,或者已经猜出可能与它有关。

"是故意针对你,还是碰巧遇到了哪个混蛋?"说着,他坐

---

① 约等于20公斤。

在哑铃凳上，右手握着一只哑铃，做起了曲臂练习。

"是个大混蛋。他一直找我的麻烦。"

"你有没有还手？"

"没有。"

"为什么？"

"我被他伏击了。"

"真倒霉。下次你应该打回去。"

"是吗？"

他一边点头一边数着数，完成最后十个向内曲臂。

"我没想好。我爸爸总是教育我远离他才是更好的解决办法。"

"这么做有让那家伙不欺负你吗？"

我摇了摇头说："没有。"

"那我觉得这个办法并不管用，"他问，"你觉得呢？"

"其实我也觉得没用。"

我做了几次曲臂，感觉很不错。然后，他又向我展示了如何完成针对肱三头肌和肱二头肌训练的推举动作。不过他的哑铃太重了，不适合用来做这个动作，于是他找出了一对粉色的哑铃。

"这是茱蒂的，"他解释说，"不过，从来没见她用过。"

他好像看不出来用这对亮粉色的哑铃会让我觉得自己更逊，但很快我就看开了。我想，也许用上几天后，我就能举起他那些较重的哑铃了。

重复了十二组推举后，戴夫要我躺在卧推椅上，于是我调整好自己的位置，准备就绪。我有点儿害怕负重器械，因为我只在高中体育馆的健身房里做过负重。他从自己的杠铃杆上卸下几片杠铃片，调节到我能承受的重量。调好后的杠铃像是给小孩儿用的，两端各有两片小小的杠铃片。我估计有四十五磅重。

当八组的卧推练习进行到一半时，他忽然说："你很喜欢皱着眉头吗？"

"我想是吧。"

"为什么？"

"这么做有什么不好吗？"

"首先，这让你整个人看上去就很泄气。还有，你总是这么闷闷不乐的怎么会有女孩喜欢呢？"

我在呼气时大笑了出来。"哈！女孩，是啊，没错。"

"怎么？难道宾夕法尼亚州没有女孩？"

"也不是。"

"所以，你没有女朋友吗？"

"没有。"

"为什么？"

"不好说。"我说。

"你看着吧。等你回去，他们看到你脸上的伤疤时，那时你就能打败天下无敌手了。"

我被他逗笑了，不得不把手臂完全伸直，让他把杠铃拿下

第十二章　85

去。"我敢向你打包票,在我住的地方不会有女孩想和一个脸上永远刻着俄亥俄州的男孩在一起的。"

"俄亥俄州?"

"是啊,"我指着脸颊说,"仔细看看,和俄亥俄州的地图一模一样。"

戴夫盯着那里看了一会儿,惊叹不已:"哇哦!真不是开玩笑的。"

两分钟之后,就在他带我完成额外的三次推举来感受肌肉的"灼烧感"时,茱蒂舅妈来到了门口,门"吱嘎"一声被推开了。

"五分钟后开饭。"

"知道了!"

"别满头大汗地进屋。"

"知道了!"

第二天早上,我刚见到茱蒂时,她正在水池边——服下面前的一排药片。我冲她那边小幅度地挥了挥手,然后抱着书倒在沙发上,等着妈妈游完晨泳,回到屋里。

"是维生素,"茱蒂将最后一粒药片用水送服,吞下后说,"对我的后背有好处。"

我点点头,翻开了书。

"多多珍惜年轻的时候吧。等你到了我这个年纪,身体各方面都在走下坡路了。"

据我了解，茱蒂舅妈比我爸妈还要小一些，不过我只是继续看书，希望她能别再和我说话了。

"不只是身体，我的神经也很脆弱。我从来没想过会这样。这么多年来，我受的罪都够多了，"她说，"你知道吗，你不是唯一遭受过霸凌的孩子。如果你像我一样身材肥胖，满脸粉刺，就明白我的感受了。"

我不清楚她有没有发现，可我的脸的确红了起来，这让我那块伤疤痒痒的。我继续假装看书，但是蚂蚁们在一旁取笑茱蒂舅妈，我根本读不下去。它们说："如果你像我一样身材肥胖，满脸粉刺，就明白我的感受了？她试试用一下跑步机会怎样？"

她离开了一会儿，妈妈游完泳走进屋里。她先是冲了个淋浴，然后和我一起坐在了沙发上。很快，茱蒂来到客厅，重重地坐进了一张双人沙发里。

"这本书怎么样？"她问。

"目前还不错，有点儿不可思议。"

"为什么会觉得不可思议呢？"妈妈问。

"嗯，我只读了第一章，不过目前大概能了解的是有一群士兵，他们因为不想打仗住进了医院。后来来了个得克萨斯州的家伙，他太讨人喜欢了，这让其他人都想回到战场去战斗。"

"哈。听着蛮有趣的。"

"我也觉得。"我把一只枕头垫在脑后，合上了书。

"听起来有点儿瘆人。"茱蒂说。

"那要看你怎么看了，"我说，"我管这叫历史。"

"那倒确实是历史,"她说:"而且你们家也有过类似的遭遇。"

"没错。"妈妈说。

"真是太不幸了。"茱蒂说。

"为什么?"我问。

茱蒂探出下嘴唇,好像在努力地思考。"首先,战争对你们家产生的影响让我们感觉很不幸。"

妈妈从茶几上随手拿起一本杂志,随意翻开,只要那上面没有写关于我家的内容就行。

"我很喜欢读战争相关的书,这能让我对于一切有更多的了解。"我说。其实我想说的是:至少这样能让我感觉有人会在意爷爷到底经历过什么。

"只要没让你抑郁就行。"茱蒂说。

"他没有抑郁。"妈妈说着,白了我一眼。

电话铃响了,茱蒂看了一眼来电显示的名字,说:"是维克。"

妈妈说:"跟他说我不在。"然后她走进客房,关上了门。

茱蒂并没有接起电话,而是让铃声一直响着。"我不会说谎。"她看了我一眼说。

这一天,妈妈和我不是在打盹就是在看书(当然,对于妈妈来说还有游泳),直到戴夫舅舅下班回家。我们又去了车库。

"今天我们训练腿部和背部的肌肉,"他说,"你昨天训练完有没有酸痛的感觉?"

"有一点儿。"

"严重吗?我可以让训练的强度更温和些。"

"没关系。不是很严重。就是有点儿僵硬。"

"俄亥俄州怎么样了?"

我几乎要笑了出来。就差一点儿。我挤出了一个假笑,说:"痒得不得了。"

我们一共练习了四十分钟,脚踝上绑着沙袋,轮流站在垫子上借助杠铃进行负重深蹲。训练结束后,我们正进行最后的拉伸时,茱蒂从门缝中探出脑袋。

"五分钟后开饭。"

"知道了!"

"别满头大汗地进屋。"

"知道了!"

吃过由速冻基辅炸鸡[①]、微波炉烤土豆和生胡萝卜条组成的晚饭后,戴夫和我懒洋洋地坐在沙发上看棒球比赛。我可以随时开口说话,不用非要等到广告时间。

茱蒂舅妈和妈妈坐在我们身后不到一米的地方闲聊。茱蒂又提起了我可能有"那种倾向",还说她认识一位当地很好的心理医生,或许能和我简单地聊一聊。蚂蚁们站在沙发的靠背上蹦蹦跳跳地喊着:"他能听到你的话!他就坐在这儿呢!"

---

① 基辅炸鸡(Chicken Kiev)是一道源自乌克兰的传统美食。

第十三章

你需要知道的第六件事——忍者

茱蒂舅妈好像永远都在用吸尘器清理地面。我刚走出客房在餐桌旁坐下来的时候,她就在用吸尘器清扫。她不停地把吸尘器撞到沙发腿上,也就是说她可能一直在盯着我,根本就没注意自己手里的动作。

茱蒂舅妈已经把盛放早餐麦片的盒子按照从大到小的顺序在桌子上排列开来。蚂蚁们站在这些盒子前面也按照从大到小的顺序依次排开。它们双臂交叉在胸前,看起来很强势。我看着它们,它们冲我挥着手:"早安,路奇·林德曼。睡得怎么样?还在用那对粉色的塑料哑铃吗?"

我想知道这些蚂蚁会不会消失。我又想起我的那些梦,也想知道它们会不会消失。当然,它们不会。也许蚂蚁让林德曼离彻底疯掉更近了一步。

桌上唯一没被占用的地方摆放着一只碗,我挑出谷物麦圈,在碗里倒了一些。我从冰箱里拿出牛奶,还没走回餐桌,就发现茱蒂正站在那里盯着我。她手中的吸尘器还在开着,只不过卡在了原地,因为它把地垫吸了起来。

我在餐桌旁坐下时，发现了一片药。

我对它视而不见。

就在我忽视它的那一刻，茱蒂关掉了发出刺耳嗡嗡声的吸尘器。

"睡得好吗？"茱蒂问。

我点了点头回应。"我还以为街道上会有很多的车流。"说着，我往嘴里塞了一口谷物圈。每一次咀嚼都会让我的伤口痒得更厉害。我咀嚼的样子让我看起来像个疯子——我用受伤的那侧脸做着夸张的动作，这样就能不用手抓挠也可以止痒了。

"是呀。这里很安静，"她说，"也很安全。戴夫和我有时会在晚上出去散步。我们从未遇到过任何不规矩的事。"

不规矩的事。听上去她好像很喜欢摆出一副老气横秋的样子。

"你可以尝试一下。"她说。

我点点头："等有时间我晚上也试试，或许我妈妈可以和我一起去。"

"我是说那个。"她指着那片药说。

"我从不服用任何药物。"

"也许那对你有好处。"她说。

我站起身，把盛放麦片的碗端到水池边，一边洗碗一边说："也许不会。"

就在我把碗放进洗碗机的时候，她阻止了我："我来放吧。"

她抽出洗碗机的上层架子，我看到她的餐具也是按照某种洗碗机的风水摆放的。

在这儿,游泳是白天室外度日的唯一方式,即便池中的氯气会让我的伤疤更加干燥。我受不了留在屋里和茱蒂看一上午的电视节目。

泳池很短,我游自由泳的时候连续划五次水就得掉转方向了。毛巾在这里毫无用武之地,因为阳光可以在十五秒内将你烘干……然后你就得立刻跳入水中,以免当场被烤焦。人们在这里是怎么活下去的呢?

吃午饭的时候,那片药还在我的盘子里,不过这次是妈妈先看见了它。

"路奇,那是茱蒂的座位。"妈妈说着,示意我坐到另一边。

"不。那就是他的位置。"她端着一盘用烤箱热过的、散发着怪味儿的食物从厨房走过来。她骄傲地把油腻的炸鸡块放到我面前,接着问:"你想蘸什么酱吃?"

虽然我从来都不吃炸鸡块,但我知道自己不能失礼。"我蘸蜂蜜吃吧,谢谢。"

妈妈还在盯着那片药。

"蜂蜜吗?那里面全是糖,对你身体不好!"

我点头表示赞同,因为我没精力去和茱蒂舅妈解释这些可怕的炸鸡块,它们很可能是用环境恶劣的养鸡场里打了激素的鸡的鸡臀尖做的,既然她能给我吃这种东西,那么我们根本不用担心那几勺蜂蜜了。

"那是什么?"妈妈终于忍不住问。

我说:"一片药。"

她看了我一眼,用眼神告诉我:我知道那是药,路奇。我没在问你。

茱蒂在一片面包上放了几片合成烤牛肉,又在上面抹了层某种白色的乳酪制品,随手塞进了微波炉里加热。接着她打开一瓶预制的肉酱,直接浇了上去。光是看着我都有点儿反胃。

"茱蒂?"妈妈叫道,茱蒂舅妈抬起头来。"那是什么?"妈妈指着那片药问。

"哪个?"

妈妈探过身,用食指和大拇指捏起药片,举起来说:"这个。"

"我只是觉得那个能让他好起来。"

"我很好。"我说。

妈妈盯着茱蒂,茱蒂只顾盯着眼前的三明治。她用刀切开,把其中一半放到盘子上,递给了妈妈,然后坐了下来。她拿起自己那半块三明治,在凝结成一团的肉酱里蘸了蘸,便塞进嘴里咬了一口。她嚼着满嘴的东西的时候,终于抬起头,对妈妈做出了回应。

"他才十五岁,"妈妈面无表情地说,"别让他碰你的那些药。"

"我只是想帮忙而已。"就在茱蒂说话的时候,零星的食物从她的嘴里喷了出来,喷到了我的盘子上,紧挨那块我正要吃的温热恶心的鸡块。"那就是片百忧解①。"

"他不需要百忧解。"

茱蒂向妈妈伸出手:"那给我。"妈妈把药片放到茱蒂的手上,她立刻把它丢进嘴里咽了下去。

妈妈没有动桌上的午餐,径直回到游泳池里游泳。

她出去几分钟后,茱蒂问:"她总是游这么久吗?"

"没错。她就是这样。"

"哈!你觉得有一天她会游到不想再游了吗?"

"目前看来不会。"

"真奇怪。"说着,她狼吞虎咽地吃下手里最后一点儿三明治,喝了一罐健怡可乐,把塞在嘴里的食物咽了下去。

"反正这在我们家挺正常的。"我说。这句话逗得茱蒂哈哈大笑。她起身收拾桌子时,用空余的那只手揉了揉我的头。

中午,我从书中抽出时间去客房上厕所时,发现妈妈正躺在床上大口吃着一袋格拉诺拉麦片②。我也饿坏了,所以也吃了一些。

在大口吃着麦片的间隙,妈妈说:"我觉得你根本就不需要服用药物。我是说——我也担心你,但是没到那种程度。"

"我知道。"

"这件事还轮不到她来管,"妈妈说,"她就是不动脑子。"

---

① 一种抗抑郁的药物。
② 用烘烤过的谷类、坚果等配制而成的早餐食品。

"别担心,我不会吃的。"

"很好。不过,我想让你知道不是我让她那么做的。"

"是啊,我知道。"

"我是说——我也担心你,但是没到那种程度。"

"你刚刚说过了。"我说。蚂蚁在一旁说:"嘿!别自作聪明。"

"我希望你能理解。懂吗?"她问。

"懂了。"

"那就好。"

紧接着,她扬起眉毛看着我。"你确定?我不应该太过担心,对吧?"

"没错。没什么可担心的。我没事。"

现在。我终于没事了。

戴夫回到家后,我就和他一起练了举重。我们又锻炼了不同的肌肉群,以免我受伤。出汗时,脸上的俄亥俄州会感到刺痛,但是我一点儿也不在乎。

"你喜欢这个,是吧?"戴夫问。

"是的。"

"才三天,你就很有起色了,对不对?"

"没错。"

能释放过去八年所累积的负能量的感觉真好,能和这样一个很酷的家伙在一起感觉真好。他不会对我所说的话大惊小怪。他会直言不讳地给我建议。我已经感受到了这种生活给我带来的积极的一面。我发现自己会幻想如果戴夫是我的爸爸该多好。

蚂蚁们说:"许愿要谨慎。"

抗组训练的最后十分钟,戴夫走到门旁边的工具台前,打开了收音机。然后,门吱嘎一声被推开,茱蒂从门缝中探出脑袋。

"五分钟后开饭。"

"知道了!"

"别满头大汗地进屋。"

"知道了!"

晚上,我们关闭车库时,戴夫叫我过去看一只藏在一袋鹅卵石后面的蝎子。它简直太小了。

"那是一只刚出生的小蝎子吗?"我问。

"不。它是一只成年的蝎子。"

"这么小的东西会要我的命吗?"

"怎么说呢,它能让你伤得很重,但也许要不了你的命。我们这里还有黑寡妇蜘蛛和响尾蛇。它们才会要你的命。"

"这样啊。"

我想到了那些在东南亚夺去那么多士兵生命的微生物。寄生虫、细菌和瘴气。我想如果我要去那里的话,我宁愿被老虎之类的动物吃掉。至少我知道自己是被什么杀死的。

十分钟后,我盯着一盘所谓的千层面,天知道它冻了多长时间了,最上面的那层面皮干巴巴的,已经冻出了裂纹,上面还盖着一层白霜。这时我决定和大家分享我今天第一次见到蝎子的经历,尽管戴夫告诉我它不会要我的命,我还是说:"可说真的,我宁可被老虎吃掉,也不想被那么小的东西杀死。"

"看到没?"茱蒂对妈妈说,"你需要找人给他看看。"

"我就坐在这儿呢,"我说,"我能听到你在说什么。"

"那就好。那你就别再拿自杀的事吓唬你妈妈了。"

我笑了起来。因为除了大笑我还能做什么呢?我根本无法预判茱蒂舅妈那奇怪的情绪波动。我不知道自己什么时候可以开玩笑或者调侃讽刺别人。好吧,呃,不好。我知道今天我不能开自己被老虎吃掉的玩笑。

太迟了。

看到我大笑,茱蒂更是一脸惊恐。

"路奇,别笑了。"妈妈淡淡地说。

我收回了笑容,继续皱着眉。我伸出手去按脸上结痂最痒的地方,想把结痂抠下来,我还从未对任何事有如此强烈的渴望。妈妈说不管怎样我脸上估计都会留疤,如果我去抠结痂,我的那半张脸会看起来坑坑洼洼的。我的样子已经够怪了,不需要再坑坑洼洼。

"我觉得你的笑话很好笑,路奇。"戴夫舅舅说。

茱蒂瞪了他一眼。

"怎么了?难道小孩不能开玩笑吗?前一秒你告诉他要开心点儿,下一秒他照做了,你却说这说明他有心理问题?天哪,你究竟想干什么?"戴夫说。蚂蚁们在他的头上组成了一圈旋转的光晕。它们如天使般高歌。

晚饭后,我出去散步,第一次在夜晚走在亚利桑那的街头。气温还算适宜。我没能说服妈妈和我一起来,可我觉得这样也不错。她很享受阅读的时光,而在经历晚餐的那场地狱般的谈话后,我也需要一些独处的时间。

这片住宅区的街边照明充足。只有房屋附近,汽车下面,树木或仙人掌类的植物周围才能见到阴影。我走着走着,一连转过好几个转角后,决定往回返,免得自己迷路,接着我又换了个方向。我就这样在街区里转,直到走了三个死胡同后,觉得自己活得太无聊了。蚂蚁们说:"林德曼,你还真是妈妈的乖宝宝。"我看了看手表,才走了十五分钟。

我决定让散步更刺激些,这次我不在乎会不会迷路,随意地走着。又过了十五分钟,我走回了茱蒂和戴夫房子后面的那条路。

就在那里我见到了忍者。

她一身黑色,几乎隐没在夜色中,在与我平行的铺着卵石的草坪上穿梭着。她从一处阴影蹿到下一处阴影中,偶尔停下来看看身后是否有人在跟踪。当她转过头,我看到了她那头又长又直的秀发。她蹲下来时,长发几乎垂到了柏油马路上,就像旋转时的裙子一样飘散开来。

为了观察她下一步的行动,我放慢了脚步。她从一辆停着的 SUV 后面飞奔到隔壁房子的角落里，然后消失在房子后面。

我越走越慢，最后站在原地。我等待她再次出现在房子的另一侧，但是她已不见踪影。

营救行动 104 号——丛林忍者

我身陷黑暗的丛林中，藏在一棵树后面，兜里有十二个滚烫恶心的炸鸡块。我能感觉到鸡块上的油烫得我大腿发疼。爷爷坐在战俘营围墙内的一间斜顶的披棚下面。战俘营的大门开着。

我到了那里几分钟后，爷爷低声说："路奇，现在你可以出来了。弗兰基睡着了。"

我和他一起坐在泥泞的地上，把鸡块递给了他。我没告诉他这些鸡块可能是用鸡臀尖做的。我观察到他吃得很慢——一点儿也不像你想象中一个食不果腹的人吃饭的样子。我拿起一块放进嘴里，大概嚼了一百多次，这才勉强张开喉咙咽下去。

就在这个小战俘营外面的丛林中，有动静，持续不断。也许是在夜晚出没的鸟类、老鼠、捕食者和猎物。

"别担心，"爷爷说，"他们可能在运送食物、水或者弹药。也许就在我们下面挖地道呢。他们就像忍者一样。"

难道他不知道战争已经结束了吗？

我又递给他一块炸鸡块。他吃掉后说："路奇，我希望你在家里吃的东西能比这个更健康点儿。"

我想告诉他纳德又狠狠欺负了我一顿，我想告诉他茱蒂认为我应该吃百忧解，我想把蚂蚁的事情告诉他，因为我知道他一定会理解我的。他被弗兰基霸凌，我被纳德霸凌，也许他也能看见蚂蚁呢。

紧接着，我听到周围的叶子在沙沙作响，我看见一个模糊的人影在丛林的阴影之间俯身飞奔。她跑动的时候顺直的长发在身后摇曳。

我把我的M16步枪举在胸前，让爷爷起身跟我走。我盯着弗兰基，那个正在睡觉的看守。我倒是很想将弗兰基射杀，这样他就不能来找我们了。可我知道爷爷和这家伙之间有着某种奇怪的羁绊，所以这次我只是想趁他睡着时偷偷溜走。

我迅速检查了一下爷爷的四肢，这次他是健全的。所以，在我们探寻通往自由之路时，他可以跟在我身后走。

我们走了一个小时，这时我听到前面有说话声。我们弯腰钻进了灌木丛里，仔细听着四周的动静。几分钟内我们都没听到任何响声，于是我们继续前进。结果中了埋伏。

两名穿着和爷爷同样睡裤的忍者士兵从我们身后冲过来。他们其中一个扑倒了爷爷。我在另一个士兵将我扑倒前掉转了M16步枪的枪头，把刺刀刺入他瘦小的身体。

他的朋友用胳膊锁住了爷爷的喉咙。我发现这两名士兵手无寸铁，他用某种亚洲的语言对我说着什么。我听不懂，可我根本就不在乎。我将刺刀扎入他离我最近的身体部位——他的腿——直到他松开了爷爷。我告诉他想跑就赶紧跑。

就在我扛起步枪准备从身后将他射杀时,爷爷说:"不要。"

"为什么?他刚刚明明想要杀你。"我问。

"可是他并没有杀我。"

我看着爷爷,摇了摇头。"我不明白。如果你不让我营救你,我怎么才能完成任务呢?"

******

妈妈在打鼾,我好像从来没听过她的鼾声,还挺可爱的。然后我发现床上有冰凉的、油腻的炸鸡块,我手里还攥着一个。一定是和那两个忍者打斗的时候挤碎的,现在都成泥了。我把这些鸡块从床上捡起来丢进厕所冲掉了。

第十四章

你需要知道的第七件事——茱蒂舅妈一到周末就变得很奇怪

戴夫和我一整天都待在车库里。很显然,这就是周六男人们的常态。戴夫在私人车道上洗他的车,在车库里挪了一阵东西,然后又清洗茱蒂的车。他有几个装着不想要的旧物的箱子,里面有书、德国陶瓷扎啤杯和据说他大学时买的磁带。现在我也用他的哑铃做少量的推举了。不过我得降低点儿重量,但至少我不再需要用那对亮粉色的了。

"我能问你点儿事吗?"

"问吧。"

"还记得你之前说过你从不考虑交女朋友吗?"

"我可不是这么说的,"我说,"我说的是我不是她们喜欢的类型。我一直都挺想有个女朋友的。"

"这倒不假。抱歉。那么——难道你没想过如果你平时多笑笑或者表现得快乐些她们就会注意到你了?"

我不想再继续聊下去,于是一直做推举,嘴里数着数。

他坐在哑铃凳上,直勾勾地盯着车库的对面,大概一分钟左右他又开口说:"路奇,你妈妈很担心你,她想让我确认你好不好。我是说,她不认为你会跳悬崖什么的,但她是你的妈妈,懂吗?她现在要承担很多责任。"

"是啊。"

"那么?"

"那么什么?"

"你还好吗?"

我抬起头,抿着嘴巴。"考虑到我和父母住在一起,我已经尽力了。"

"是啊,我像你这么大的时候也不喜欢和父母待在一起。"

"我喜欢他们,但是我希望他们能尽到做父母的责任,你明白吗?"

他咬着下嘴唇,看着我摇了摇头,表示他不明白。

"我爸爸什么都不说。我是说,他会说一些和食物相关的事,可在家的时候,只要我们试着认真地交谈时,他总是起身离开。"

"我认识你爸爸这么久了,从来没见过他在任何交谈中退出过。"

"是啊。在别人面前,他是完美的。但实际上,他现在比以往任何时候都爱发脾气。"

戴夫舅舅叹了口气。"唉。那你觉得他为什么会这样呢?"

"我也不知道。也许是因为他还没从他父亲的事中走出来吧。"我指了指我身上穿的POW/MIA主题的T恤衫。"呃,这很明显，对吧？"

"路奇，我也不知道该怎么说。我能理解他放不下，搞得一团糟，但是我觉得更多还是因为你在学校发生的事吧。就是那个孩子的事。当你成了父母，随着孩子不断长大，你面对的问题越来越棘手。我觉得他有些不知所措。他没有父亲来告诉他该如何处理这种情况，不是吗？"

"没错，但是我想不通为什么这是我的问题，而不是他的。我是说，既然他们决定要生小孩，他就应该承担这个责任。"

戴夫点点头，嘴唇动了动，问："那你妈妈呢？"

"她基本上就是对我爸爸言听计从。他对她的态度也不是那么好。我指的是在关于我的问题上。我想，在我出生前他们的关系应该还不错。"

"你想让我和她谈谈吗？"他终于问道。

"不了。我和她之间还是比较有默契的。"

"那么……"

"那么什么？"

"你想让我和你爸爸谈谈这件事吗？"

"我不想让你和任何人谈这件事。你问过我为什么从来不笑，我也把原因告诉你了。"当然，这不是真正的原因。蚂蚁们说："路奇·林德曼，你是个大骗子。把更衣室的事告诉他。告诉他纳德对告密者做了什么。"

"可是我想帮你。"

"你就是在帮我。"

"真的吗?"

"目前来说,你是对我帮助最大的人了。"

我指了指哑铃凳。虽然我知道我应该等到明天再做卧推的练习,但是我真的很想做几组。我感觉自己的胸肌酸痛,可这让我觉得自己正有所作为。了不起的作为。比我以前做的任何事都要了不起。

周日早上,我们在茱蒂猛地拉开窗帘的刺耳声中惊醒,只听她说:"该去教堂啦!"

妈妈说:"我们没有这个习惯,我们不去。"然后翻过身面向墙躺着。

茱蒂说:"真对不起,小可爱,任何住在这栋房子里的人到了星期日都要去教堂。就是这样。"

我很好奇她到底吃了什么药能变成这样。刚来不久,我就了解到蓝色的药片会让她哭哭啼啼,白色的菱形药片会让她性情温和。不知道是哪种药让她变成了一个教堂怪胎,因为直到现在我都不认为她是一个如此执着于周日早晨教堂仪式的人。

妈妈坐起身,生气地看着她说:"别叫我小可爱!"

"好吧。罗莉。姐们儿。不管你叫什么。我们一个小时后出发去教堂。"她用一种我所听过的最可怕的欢快声说道。走出房门前,她扶正了挂在墙上的镜子,假装用袖口擦了擦。

妈妈此刻怒火中烧。这倒是让我忘了我也是满腔怒火。因为当茱蒂闯入房间时,我转头太快,把脸上那片涂满了芦荟胶的俄亥俄州结痂的一角粘在了枕套上。我起身走到镜子前照了照,现在结痂变成了西弗吉尼亚州的形状。(也就是说枕套上的那块结痂是长为托莱多到辛辛那提,宽至代顿[①]的一块版图。)

"你还好吧?"我一边用纸巾按住脸上血流不止的前俄亥俄州的版图问。

"我觉得还好,"妈妈回答说,"你去洗澡吧。我先去游个泳,因为我的上帝就住在游泳池里。"

洗完澡后,我发现我要么得穿着迷彩作战短裤去教堂,要么就没有裤子可以穿。虽然茱蒂曾告诉我在亚利桑那州大家穿着都比较随意,但我觉得她并不认为穿得像个行走的海军陆战队一样去教堂是得体的。

我猜戴夫那里应该会有我能穿的裤子,于是我套上了一件纯色的T恤衫,腰上围了个毛茸茸的白色浴巾准备去找一条得体的长裤。

我在厨房找到了茱蒂。"你觉得戴夫舅舅有没有我能穿的旧裤子?"

她目瞪口呆地看着我。我以为她是看到我洗过澡并且为去教堂做准备而开心。我以为她会为我提出找更得体的衣服而骄傲。但问题是,我刚巧撞见她在吞服一把药片。满满一大把,应该有十多片药。我猜那些她不应该吃,因为她正一动不动地

[①] 均位于俄亥俄州西部的三座城市,其中辛辛那提和代顿位于西南部,托莱多位于西北部。

看着我，大概过了十秒钟，她才有了反应。

"戴夫！"她叫喊道——就像在尖叫。然后她用手捂住了眼睛，好像我赤身裸体地站在她面前一样。看她如此反应过度，我低头瞥了一眼，想看看是小路奇露出来了还是怎么的，当然了，根本不会出现这种情况，因为我足足裹了两层毛巾。

看到戴夫舅舅，她说："我觉得路奇想要对我露出他的……他的……下体！"她夸张地喘着气，假装是换气过度，用那只刚刚把那些药片送进嘴里的手按着胸口。

我看着戴夫，耸了耸肩："我没有合适的裤子，我猜你那里应该有几条我能穿的。"

当我们一起在他的衣柜里翻找的时候，他问："你不是真的想要对我老婆暴露下体吧，对吧？"

"呃，绝对不可能，"我说，"我为什么要那么做？"

"没错。我知道。"他边说边找出了一条宽松的长裤，裤腿比较长，但是腰围足够小，比较适合我。"她的想象力过于丰富了。"蚂蚁说："想象力？那女人就是个精神病。"

我不确定这时候说这个合不合适，因为我才刚来五天。可我还是说了出来。"我有点儿担心那些药。"

戴夫点点头，眼睛仍然盯着裤子。"的确。"

"有裤腰带吗？"

他找出一条裤腰带递给了我。

妈妈走进客房的时候我正在系腰带。"路奇，你能努力地配合她真是太好了。我都做不到。"

我们乘坐茱蒂的 SUV 前往教堂，车内的气氛十分诡异。戴夫一言不发，就像他和我们一样是被迫的。当茱蒂提起大峡谷的时候，他和妈妈交换了几次眼神。他们之间好像有兄妹间的心电感应，因为他们不需要说话就能交流。我注意到当他们待在一个房间时，彼此很少说话，但是会交换眼神。作为一个独生子，我不知道他们的眼神中说了什么，也不知道那是什么感觉，不过看起来挺酷的。

教堂是一个设有长椅的露天白色的大仓库。它和我去过的所有教堂都不一样，它看起来像沃尔玛那样的大超市。不过这并不是说它不好看。教堂很美，有大大的彩色玻璃窗，墙上挂着壁毯、油画和壁架灯。长椅坐着不太舒服。我勉强挤进了一张位于过道中部位置的长椅中。茱蒂在和周围的人交谈着，妈妈、戴夫和我坐在那里翻阅着在门口拿取的小册子。茱蒂并没有向别人介绍我们，甚至根本没对她的这些教堂朋友提起我们在她家里做客。她的情绪高涨，就好像今天早上我撞到她吃的那些药片是安非他命之类的兴奋剂。

音乐终于响起，牧师站起身开始讲话。妈妈和我懒洋洋地坐在长椅上勉强打起精神听着。关于教堂会众成员生病或死亡的当地新闻听起来蛮有意思的。有关年轻人的话题也还算过得去，主要提倡禁欲和说唱音乐如何助长了说脏话的现象。但是经文的讲解似乎永远没有尽头。我开始做起了白日梦。前一秒我还在盯着彩绘玻璃，下一秒我就置身丛林之中。

营救行动 105 号——在陷阱中设诱饵

我和茱蒂、戴夫还有妈妈在一起。妈妈全身穿着忍者的黑色紧身衣。她还戴着面具，只有眼睛露在外面。茱蒂在这里显得更胖了，丛林让她感到挫败。她走路的时候因为看不见自己的双脚而不停地被绊倒。她穿着典型的亚利桑那州的服饰——短裤和无袖上衣，被蚊子、蝇虫还有其他咬人的昆虫活活咬着。显然这样的穿着并不适合丛林的环境。

她边骂边拍打着胳膊上的蚊子。"该死！我应该把那瓶雅芳带过来。"

妈妈从一棵树后面窜了出来，伸手套上她的忍者套装，拿出了那瓶雅芳，递给茱蒂。茱蒂把它挤在胳膊上。

戴夫走在我的前面，我们在侦查情况。每走一步我都要低头留意不要踩到陷阱，然后再抬头等待爷爷出现在树枝上或拽着藤蔓荡过来。

但是目前为止，没有任何的迹象表明这里有战俘营或爷爷。

茱蒂大喊："等一下！"我们冲她"嘘"了一声让她安静下来。

戴夫继续弯着腰往前走。接着，他停下了脚步，指了指前面。我走上前去查看，主战俘营找到了。我们都趴在地上。

"计划是什么？"戴夫问。

第十四章　109

我没有计划。八年来，我一直在营救爷爷，可我还是想不出一个计划。

"我们让茱蒂来当诱饵怎么样？"我提议。

"和我想的一样。"戴夫回答道。

我们让她绕到最前面，告诉她假装自己是一名走失的美国游客。她对此没有异议，说："也许他们那里有汽水贩卖机，我太想喝一口健怡可乐了。"

妈妈完全隐身了。她是名完美的忍者。

戴夫和我看着茱蒂蹒跚地绕到了战俘营的前面，就在她要走进大门的时候，她被吞入了一个洞里，开始像动物一样疯狂地高声尖叫。戴夫有些退缩，我抓住了他的胳膊，命令他站在原地不要动，我在一旁看着所有战俘营的看守都跑出了大门外查看落入陷阱的是什么。

眼前这个肥胖的中产阶级美国妇女对他们来说很新奇。在她尖叫的时候，他们却在一旁比比画画，哈哈大笑。其中一个人把手伸进陷阱里，偷走了她的背包，开始翻着里面的东西。

戴夫和我悄悄地溜进后门。

"路奇！"爷爷说，"你带朋友来了！"

"爷爷，我们先离开这里，"我说，"快！"

他指着自己缺失了双脚的脚踝，说："你知道吗？在越南战争中，下半身完全致残或遭遇截肢的士兵人数比第二次世界大战高了三百倍。"

******

我在歌声和鼓掌声中醒了过来。有一只蚊子落在了我的小臂上,我赶紧捂住它,把它拍扁了。

青年唱诗班站在教堂前,身穿飘逸的白色长袍,正在用让人起鸡皮疙瘩的声调唱着什么。为了让自己看起来正常点儿,不那么像刚刚从大约两千公里外的丛林里走出来的孩子,我和其他人一样站了起来,开始一边摇摆身体一边拍手,尽管我感觉自己像个十足的傻瓜,而且我得看着别人才知道什么时候该拍手。蚂蚁们说:"老兄,你得学着别人才能拍手吗?孩子,你怎么了?"

就在这时,我看到了那头长发。那头完美的、顺直的、摇曳的长发。是穿行在阴影里的那个女孩——我真实生活里的忍者。她站在唱诗班的队伍中歌唱着。

礼拜仪式结束后,茱蒂舅妈开始闲聊。她异常的活跃兴奋,简直让人难以忍受,甚至有些强势。她把对演唱者的夸奖当作自己的分内之事,对每一个人都说"演出棒极了"。她对家长们夸赞他们的孩子"特别乖巧",即使这些孩子在整个仪式中都坐立难安。戴夫、妈妈和我一直坐在长椅上,妈妈和戴夫偶尔简单地聊上几句。

随后,茱蒂走到了我的那位忍者女孩的父母身边。

这家人自成一圈,和周围人没有太多交流。茱蒂走过去拍了拍那位先生的肩膀,说:"弗吉尼亚表现得越来越好了。你一定非常骄傲吧！"她一边说着一边伸手拉住戴夫舅舅的手，把他从椅子上拽了起来。

忍者妈妈说："哦，茱蒂，你好呀！见到你真是太高兴了。"

忍者女孩长着一双绿色的大眼睛。那抹绿色从我这儿看都清晰可见。近距离看去，她的头发更加美得令人惊叹。她就像广告里的女孩。

她发现我在看她。我试着挤出一个浅浅的微笑，免得她觉得我是变态。她也回头看了我一眼。我读不懂她脸上的表情。她似乎被什么逗笑了，但并不是在笑我。蚂蚁们说："她根本就不适合你，你们不是一类人。"

茱蒂一直紧紧地攥着戴夫的手，就算他正尴尬地挤在她和最近的长椅中间，一直盯着左边的神坛。"她很出色，不是吗，戴夫？"

"当然，"他说，"她非常出色。"我也这么觉得。

忍者一家开始沿着中间的过道向外走。茱蒂一直跟在他们身后。她放开了戴夫的手，继续和他们说话，尽管忍者一家已经用各种消极的肢体语言来让她走开。

当忍者女孩路过我身边走到过道尽头的时候，我甚至都没有假装不去看她。她穿着唱诗班的袍子从我身边轻盈地走过——身高至少一米七五以上，而我看起来却像一个小矮人，可是谁在乎呢？我想我这辈子都没见过这神秘又令人惊叹的人。

我不确定茱蒂说了什么，他们全家都回过头看着我和妈妈。不过，在他们回头的时候，我又和她对视了，她用一种我无法形容的奇怪的眼神看着我,像是同情之类的。她的目光落在了我的裤子以及卷起来的裤管上,落在了我的运动鞋上,又落到了我的脸上的结痂上,接着她又露出了一副被逗笑的表情。

"快过来,你们俩,我想让你们见见这些乡亲们!"茱蒂说。

我真不知道是哪种药让她能说出"乡亲"这个词,但我发誓自己永远都不吃那种药。

妈妈现在已经怒气冲冲了。当她去学校参加那场愚蠢的"专家"会议时,当她听到爸爸的那老一套说辞时,她的脸上就是这样的神情。千万别去问他有没有事。你只会让他感觉更糟。

"你们好。"我打招呼问候。忍者一家彬彬有礼,他们问我假期开不开心。"很开心。"我说。然后忍者爸爸说:"不好意思,我们得带弗吉尼亚参加下一个活动了。"说完,他们朝着站在正门处的牧师走去,开始同他交谈起来。我们并没有站在他们身后排队等待,茱蒂转过身告诉我们跟她从侧门,也就是我们进来的那个门出去。我回头看了看忍者女孩,她的目光仍然落在我身上。

当妈妈问茱蒂为什么她不从正门出来时,茱蒂回答说:"因为离停车的地方更近些。"可是她并没有在奉献盘[1]中放入任何

---

[1] 奉献环节通常是在礼拜的特定环节进行的,牧师或司事会宣布奉献开始,并邀请会众将奉献(如现金、支票等)放入奉献盘中。奉献盘通常由教会的执事或志愿者拿着,依次在会众中传递,每个人可以将奉献放入盘中。奉献时,会众可能会唱赞美诗或听一段特别的音乐,以营造敬虔的氛围。

东西,也没有吟唱圣诗。她要从侧门出来,是因为她不想见到牧师。

她来这里并不是为了上帝。她来这里有其他的目的。

关于周日的晚饭,考虑到我还要在这里再待上两周,那我就得吃得健康点儿,哪怕我是自己做饭。我教茱蒂和戴夫如何用她原本打算用来做即食砂锅菜的牛肉馅在家烤制汉堡。我给茱蒂演示了如何正确地切洋葱。我给他们解释了肉馅与面包屑较为合适的比例。我好像真的从那些年看的美食频道中学到了点儿东西。我是说,除了美食频道并不是一个维系父子关系的神奇纽带这件事以外。戴夫已经掌握了用烤架上层烤制牛肉饼,我教他如何在关火前烧掉多余的残渣。就在他要把已经烤熟的肉饼放到盛放生肉饼的盘子里时,我帮了他一把,拿出一只新的盘子,向他解释了生牛肉与熟牛肉的区别,以及为什么绝对不能把它们混放在一只盘子里。

吃晚饭时,茱蒂说:"我家里的男孩子都不让进厨房。"

妈妈咕哝着:"真是不幸。"

"你懂的,的确很不幸,"她看了看戴夫说,"没有冒犯的意思。"

"我也希望自己学过做饭,"戴夫说,"虽然挣钱养家我很开心,可如果哪天茱蒂有个三长两短,我就只能靠吃速冻食品活着了。"

茱蒂大笑起来:"戴夫——你就是每天在吃速冻食品呀。"

哇哦。还真是有自知之明。我很好奇她吃了哪种药会变成这样。

戴夫笑着说:"没错,是的。"

茱蒂嚼了几下手里的汉堡说:"知道吗?也许是上帝把罗莉和路奇派到我们家,因为他知道我们必须得学会更好地照顾自己。"

好吧。现在我终于明白了。是上帝派纳德先是揍了我一顿,让我妈离开了我爸,只是为了让茱蒂学会如何切洋葱并使用丙烷烤架。很好。真是太妙了。蚂蚁们在戴夫和茱蒂一侧的桌子边举行抗议活动,它们举着标语牌,上面写着:舅舅和舅妈没救了。这两个人糟透了。我和傻瓜住在一起。

当茱蒂和妈妈打扫卫生时,我和戴夫一边举重一边听收音机。我身体里每一块灼烧的肌肉都让我有想要向他打听关于忍者女孩的冲动,但我并没有这么做。就在我鼓起勇气想要开口的时候,他说:"我明天有个大型的会议,我想我今晚得去办公室,去看看各方面都准备得怎么样了。"然后,他大汗淋漓地跳上了车,扬长而去。

我不知道他怎么了。前一秒他是我家里唯一清醒理智的人,下一秒他就不见了踪影,就像爸爸一样。

天色已晚,今晚的街道上没有行人。或许,在周日这里禁止入内。或许,我的忍者女孩今晚睡得早,好让她那美丽摇曳的长发休息一下。我想知道她会偷偷溜去哪里。我想知道她是否有一个秘密的男朋友或秘密基地？蚂蚁们说："你到底在干什么？你再也见不到她了。她住得离你有三千多公里呢！"

　　接着，我想到了爷爷，我很好奇自己为什么会梦到一个三千多公里外的人。这让我不禁要问：为什么我会这么在意那些离我如此遥远的人呢？

第十五章

"扑克脸行动"——高一

我的彩票式征兵的饼状图效果很不错。36%的调查对象的生日在1970年的彩票征兵中符合应征条件。这帮助我证明了我的观点，那就是：如果在几十年前，很多人都会被征召入伍。我打算在我的汇报中这么说："看看现在教室内的同学，想象一下我们中间有三分之一会离开。"

另外，我又做了两个能获得额外学分的柱状图，表明我们这一代人根本不懂什么叫彩票式的征兵。只有16%的调查对象给出了肯定答案，声称他们知道什么叫彩票式征兵。可悲的是，这些人中70%的人实际上并不知道，大多数人认为所谓的彩票式征兵"与赢得奖金有关"。

现在只差将调研结果进行展示了。我们的大多数同学都已经展示了他们原创调研项目。新学期开学以来，每周五我们都会听同学汇报他们随机调查问卷的结果。这也让我了解到有关我们同学的一些有趣的事实：我知道他们中有87%的人上完厕所不洗手；54%的人在非必要的情况下不会系安全带；76%的人觉得自己应该减肥；67%的人不喜欢数学；52%的人还没有读过《罗密欧与朱丽叶》——我们高一的英语作业（这些人中的 78% 观看了电影）；只有 24% 的人有过露营的经历；只有 21% 的人认为自己和父母关系融洽。

包括我在内的 79% 的同学认为自己和父母的关系不好。

我试着让爸爸了解我的社会调研的进展，因为那天我们和老师一起开会的时候，他似乎对这个想法很感兴趣。从那以后，他随口提出了很多建议和统计数据，比如"别忘了告诉他们征兵的总人数为 180 万"或是"一定要告诉他们 21 岁以下牺牲的士兵人数达到了 60%"。

他提供的数据大部分是正确的，但是随着我调研的深入，我越来越发现爸爸坚信整个国家不尊重参战老兵的想法很大程度是他主观的想法。我猜这可能源自奶奶珍妮丝为失踪士兵的生存而奋斗的日子里他所目睹的一切。或者，可能源自他内心的感受。

"彩票式征兵的调研项目进展如何？"他在二月第二周的某天问。

"很好，"我说，"我周五做汇报展示。"

"你在电脑上做好图表了吗？"爸爸问。

"做好了。"

"我很想看看。"他说。不过，当然了，周五前他一直不在，所以我没有机会在演讲前向他展示那些图表。

到了周五，我很快完成了汇报展示，把三张图表迅速地投在屏幕上，然后总结说同学们应该真正地去了解这段有关征兵的历史，以及这段历史对于他们的意义，因为如果历史重演的话，那么现在被征召入伍的就是他们。最后，我简单地介绍了现代服兵役的选拔程序，并且在屏幕上附上了相关的网站链接，以便有人想要进行更深入的了解。讲演结束时，教室里几乎听不到掌声。

又一节课下课后，我走到储物柜，发现里面又有一张关于自杀的调查问卷的回复。问题是：如果你打算自杀，你会用哪种方式结束自己的生命？答案全部由大写字母组成，是用三福牌马克笔写上去的：我想要被征召入伍，然后被恐怖分子的炸弹炸成碎片。或许到那时我的父亲就能注意到我了。

不得不承认，我觉得这个回答很妙。

就在那个周末，当我终于可以把图表展示给爸爸看时，他只是说了句："图表很漂亮，路奇。"除此以外没有任何评论。我指出我是以1970年的彩票征兵的数字为例的，然后给他看了出生日期和对应编号的表格。而他只是点点头。我想他一定很难去面对彩票征兵方式背后的逻辑，因为正是这个逻辑夺走了他的父亲。况且，说到底，你的出生日期决定了你可能死亡的时间，这背后究竟有什么逻辑可言呢？在我看来，这不过是一个残酷的玩笑而已。

第十六章

路奇·林德曼在七号过道[①]

"今天我想做晚饭。"我说。现在是早饭时间,妈妈正在嚼着格兰诺拉麦片,茱蒂舅妈边摆弄着头发边翻看一本《人物》杂志。时间还不到早上八点,我的生物钟还停留在东部的时区。

"给谁做?"茱蒂问。

"我们。"我说。

"给我们大家?全部由你负责?"茱蒂问,觉得很好笑,好像我刚刚变身成一只大羊驼或一只巨大的热气球。好像我昨天没有教他们怎么做汉堡一样。

"没错。我们自己做一些东西吃。"

妈妈一边查看麦片盒子的配料表里是否有反式脂肪,一边嘟哝着表示赞同。茱蒂却气得直喘粗气。

"我从来没被人如此冒犯过!"说完,她怒气冲冲地离开了餐厅,朝游泳池冲去。

[①] 原文"Aisle 7",在 Private Island 的歌曲 Aisle 7 中歌曲通过反复提及"Aisle 7"这一意象,象征着一种无法摆脱的循环或困境,表达了主人公内心的挣扎和对解脱的渴望。

妈妈走到了茱蒂坐着的露台上。我并不是要冒犯她，我并不是当面指出她不会做饭。可她的确不会，所以我觉得没什么大不了的。

九点左右，门铃响了，我打开前门，看见一名 UPS[①] 快递员拿着一只比土司炉稍微大一点儿的包裹站在门外。他请我签收。

"没问题。"我说。他目不转睛地看着我脸上的结痂。我想知道他是否能看出来那个是西弗吉尼亚州的地图。我签好字，把小巧的手持机还给他，然后对他笑了笑，结痂裂开了一点儿。随着如比萨烤炉般的热浪扑面而来，我感觉那里渗出了血或者是黏糊糊的东西。

"谁在敲门？"茱蒂和妈妈在露台上聊了很久才走进屋问。

"UPS 的快递员来送包裹。"

"是我的包裹吗？"

"是我们的。爸爸寄来的。"

茱蒂深吸了一口气，好像她正要说出一些有情绪的话，结果她却说："真是太贴心了！"

我打开了盒子，把一个包起来的礼物递给了妈妈。她正皱着眉头，因为以她对爸爸的了解，无论包装纸里面是什么总会让她尴尬的，要么她不喜欢，要么尺码不合适。这并不是在贬低，而是家里心照不宣的笑话。呃，如果你觉得好笑的话。不

[①] UPS 是 "United Parcel Service" 的缩写，即联合包裹服务公司，是全球最大的快递公司之一，总部位于美国佐治亚州亚特兰大。

过，我认为从她拒绝"继续忍受"开始，这就一点儿也不好笑了。这只不过成了又一个造成我们在亚利桑那州而他在宾夕法尼亚州的导火索。

爸爸特意给茱蒂和戴夫各寄来一件 POW/MIA 主题的 T 恤衫。茱蒂把它拿在手里的样子就好像我刚刚递给她的是一具尸体。她把胳膊伸得远远的，就像它在散发着臭味。从某种程度来说，我的确给了她一具尸体。欢迎来到林德曼家的生活，茱蒂舅妈，每一天都是我们从未举行的葬礼。蚂蚁们说："嘘！你可千万别提这件事！"

"很抱歉我刚刚发火了。又到了每个月的'特殊时期'了。"她开口说。我能听到房间另一头的妈妈低声"哼"了一声，因为她从来不会这么说。"我很愿意今晚让你来做晚饭。你妈妈主动提出要带你去买食材。"

我说："太好了。这样的话，我觉得自己总算可以做些什么来报答你收留了我们。"

这句话不知怎的把我们所有人拉回到现实。妈妈和我像难民一样对视了一眼，又看了看茱蒂舅妈。她很同情我们，我们也能感觉得到。

妈妈打开了她的礼物，是一盒已经融化了的巧克力。在亚利桑那州的夏天，这盒在 UPS 卡车车厢里放了一上午的巧克力，在我眼里应该叫作液体巧克力。她正要去扔掉它，结果茱蒂舅妈坚持要把盒子放进冰箱里，并声称："就算巧克力不好看，但味道还是一样好！"

蚂蚁们爬上塞满了打包纸的快递盒子里，四处搜索。其中一只过来说："林德曼先生，经礼物核算系统核查，该礼物对你来说产生了负面的影响。孩子，很抱歉，你爸爸搞砸了。"

杂货店里冷气开得过足了，妈妈冻得发抖。蚂蚁们也打着寒战，其中一只蚂蚁正在给其他蚂蚁分发迷你小围巾。

我决定做酸奶红辣椒腌鸡肉，搭配樱桃番茄和菠萝串烧。妈妈看起来很惊讶。我第一次意识到自己从来都没完全独自做过一顿饭。没错，我七岁的时候确实搅拌过很多香蕉松饼的面糊，可那不过就是把一堆已经称好的食材倒入一个碗里搅拌而已。不过，我对自己有信心。我已经看过那么多集"五分钟厨艺大挑战"，完全知道怎么制作腌泡汁、切鸡肉和煮米饭。这并不复杂。

看到我们买来的食材后，茱蒂舅妈说的第一句话就是："大米？我们不吃米饭！"这让我想到了爷爷在吃了三十八年米饭后会说的话。

一个小时后，她看到了放在冰箱里的那碗腌制的鸡肉。

"哇哦，那是什么？"

"腌泡汁。"

"那为什么看起来那么像酸奶？"

"那就是酸奶。"

"哈，"她摇着头说，"用酸奶腌鸡肉。今晚有得瞧了。"

晚饭时，茱蒂舅妈大快朵颐，根本没时间停下来说话。爸

第十六章 123

爸说一顿安静的用餐最能说明你做的饭有多成功。我猜这可能是茱蒂舅妈吃过的最安静的一顿饭。戴夫舅舅也有一部分功劳，因为他配合我为鸡肉翻面，涂抹更多的腌泡汁，他甚至知道把生肉和熟肉放在不同的盘子里，所以他的确是在学习。

晚饭后，我和他在车库碰面。他监护我完成两次十组五十五磅的推举，这是我能完成的最多的一组了。我告诉他，他是我见过的最酷的人。

"谢谢你，路奇，"他说，"你也是我见过的最酷的孩子。"

"是啊，没错。"我说，咯咯地笑了起来。

他把杠铃放在架子上，说："怎么？就因为某个混蛋说你不酷，你就觉得自己不酷了吗？"

我想告诉他，其实他并非真正了解我。我不太合群，大部分时间都在看书，独来独往。可我并没有这么做，而是指着自己的脸颊："你发现了吗？现在这里是西弗吉尼亚州了。"

他眯起眼睛微微向右转过头。"我的天哪！还真是。"

"是不是很奇怪？"

我们继续进行力量训练。我手里握着他的大哑铃做深蹲，他进行卧推练习。"所以"，我说，"你真的觉得我应该还手？"

他完成一个向上的推举动作，说："看情况。"

"看什么情况？"

"你以前打过人吗？"

"我们学校的健身房里有个大沙袋，我打过一次。"

"他块头大吗？"

"挺大的。他还很擅长搏斗。他很可能会杀了我。"

"或者把你压在地上,来一场'同性之爱'?"

我说:"没错,的确如此。"

"我能和你说个秘密吗?"他问。

我点点头。

"上学的时候,我和那个孩子一样是个欺负别人的混蛋。"

这出乎了我的意料。我还以为是另一种情况——我以为我们是能彼此理解的受害者。

"可我这么做是因为我嫉妒他们,"他摇了摇头说,"我没有勇气让自己变得更独立或更聪明。我很害怕去做出改变,于是我去揍那些有勇气的孩子。听起来很可悲,不是吗?"

"是啊。"

"当你下次再见到那个孩子的时候,一定记住他就是个孬种。他找你的茬儿就是因为他嫉妒你。"我点头表示赞同,但我想不出我有什么值得纳德·麦克米伦嫉妒的。蚂蚁们说:"肯定不是因为你会做印度香米。老实说,它尝起来淀粉的感觉很重,还很黏。"

我让他在一旁监督我,又做了十组推举。我感觉自己用力的时候脸上的结痂裂开了一点儿,但我不在乎。我感觉今天是很棒的一天。我做了一顿美味的晚餐,完成了三十次五十五磅的推举。为了庆祝,我准备去游泳池夜游。

我潜入深水区的池底,露出了笑容——六个月来第一个真正的笑容,不是笑给茱蒂的那种假笑。我在水里放声大笑,喷

第十六章

出的一串串气泡追着我浮到了水面。

我擦干身体，在泳池边的一把长椅上躺了下来。我一动不动地躺在那里，感应灯熄灭了。

星光更加璀璨，越发迷人。离我几栋房子远的地方传来了孩子们的说话声。我听见了电视节目的片头曲。我听见了街区中偶尔有汽车驶过，通往市中心的公路上传来嗡嗡的背景音。我看着住宅区后面的公共区域，那里能看到所有杂草丛生的后院。我看到一群移动的人影，香烟的火光闪烁其中。我眯起眼睛，看到少男少女互相拉手、接吻，在做正常少年都会做的事。

他们离开后，我正要起身，这时我又看到了她——摇曳的长发的影子。她在这些风景中疾驰，就像一位训练有素的士兵。

我想都没想就坐了起来，明亮的感应灯亮起，强烈的光线从泳池上反射开来，晃得我睁不开眼。

营救行动 106 号——老虎审问

我被绑在了椅子上，两盏刺眼的灯直射我的脸。

"她在哪里，林德欧-曼？"

有什么东西重重地捶了我一拳。我满嘴都是头发，喘不过气来。

"告诉我们她在哪儿，我们就让你见你的爷爷。"那个声音又说。

我眯起眼睛仔细看去，原来是弗兰基，那个爷爷所在的战俘营的看守，不过此时他是一只老虎。一只长着橙黑色条纹的漂亮的老虎。他的皮毛闪着完美的光泽，让我忍不住想要伸手去拍拍他。他的下巴长着又宽又厚的垂肉，硕大的獠牙让我无法移开视线。毫无疑问，这是我所见过的最迷人的动物。

"林德欧-曼，味道怎么样？还有的是。"

他又抓起一把头发举了起来。那是一把顺直的完美的长发，在空中摇曳着。

我把头发吐出来，环顾着房间。屋里只有我们——那只老虎和我。

"我不知道她在哪儿。"我说。

老虎大笑起来："你为什么要保护她呢？她是敌人！她会吃了你。她比我们还要可怕！"

"她才不是敌人呢，你这个蠢货。你才是该死的敌人。"我说。我的手在背后努力地去解他们用来把我捆在椅子上的皮绳结。我现在已经把拇指伸进去了，应该很快就能解开了。

"蠢货？"老虎反手给了我一拳，差点儿将我连带椅子打翻在地。在这个过程中，他在我的额头上留了一道抓痕，我很确定自己的拇指因用力过猛而脱臼了。我耐心地把那根拇指绕出绳结，扭动着我的手腕。松一点儿，再松一点儿。

我趁着老虎在发现我已经挣脱了捆绳前扑向他，将皮质捆绳套住他的脖子，用力地又拉又拧，直到他无法呼吸为止。我跨坐在他身上，继续勒他的脖子，持续了大概整整五分钟。即使他没有了生命，眼睛向后翻，失禁的尿液流到混凝土地面上，巨大的粉色舌头也伸了出来,他仍然是漂亮的——我很难过自己不得不杀了他。

当我确定他已经死了之后,这才站起身,从门口的桌子里取出一把手枪,并确认里面已装满子弹。我又查看了一下放着手枪的那个抽屉,在里面发现了一只多余的弹夹,把它带在了身上。我完全不知道门外的情况,所以,从我踏入走廊的那一刻起,我的任务就是搜索爷爷和摧毁所有敌人。

走廊里空无一人。狭长的走廊里只亮着三盏小灯泡。

"爷爷!"我喊道。我才不管会不会被人听到,反正我会把他们统统击毙。

"路奇!"

我朝着那个声音跑去。只听他又喊道:"路奇!"这次我感觉自己离得更近了一点儿。

走廊的尽头一片漆黑。我举起手枪指着最后一扇门。

"路奇!"

我一脚把门踹开,端着枪在房间里四处搜索。房间里只有爷爷一个人,他像我一样被人用皮质捆绳绑在了椅子上。他的左胳膊断了半截,所以他们把绳子捆在了他的腋下。

"啊,谢天谢地你还活着!"我为他松绑时他说。

我咀嚼着这句话。谢天谢地我还活着?真的是这样吗?

"我把老虎杀死了,"我说,"我很难过。"

他说:"有时候我们不得不做一些丑陋的事。"

我伸出右手,拉着他走进走廊里。"跟紧我,"我说,"我带你离开这里。"

"你的头在流血呢。"他弯下腰,从睡裤上撕下一块布条。我停下来,把它缠在了我的头上。

我弯着腰朝走廊的另一头跑去,尽头就是出口。我慢慢地打开门,偷偷地向外看去。外面没有人,没有车辆,空无一物。看起来有点儿像弗莱迪游泳池那条路尽头的一间废弃的仓库。我指向一面迎风飘扬的美国国旗,就是那面飘在游泳池凉亭上的那面国旗。"没错!"我说,"我们回家了!"

我转过身去看他——被解救的爷爷。可他并不在我身后。我转着圈四处找他。他消失了。

"该死!"

******

我大喊了一声,吵醒了我们俩——我和妈妈。她咕哝了一句,翻过身去。我也正要翻身,却下意识地伸出手去摸了摸额头。爷爷刚刚递给我的那条黑色的头巾仍然绑在我的头上。

"该死!"我又低声咒骂了一句。差一点儿,我就能把他救回来。

第十七章

你需要知道的第八件事——金妮·克莱门斯

我们已经决定,今天要让茱蒂的泳池区变得更惬意一点儿。目前那里看起来就像是这所房子里没有人会去的房间一样。因为的确如此。那里的油漆已经剥落,露台的地面出现了缝隙和裂纹,有些地方已经翘了起来,需要被磨平。戴夫出发去工作前,帮我把多余的几包鹅卵石都搬到了那里,这样我们能让长着仙人掌的小区域变得更漂亮些。

早饭时,我做的炒蛋味道绝佳,茱蒂甚至趁着妈妈在泳池里游短程时把她的那份也吃掉了。"你里面只加了盐和胡椒吗?"茱蒂问。

"是啊。"我对她假笑。每次茱蒂在一旁时,我都会对她假笑,就算这样会扯疼我已经干裂脱皮的脸颊,因为我猜不透她接下来会做出什么事,或说出什么话。

"谁会想到这么简单呢?"她说,"它们很好吃。"

一小时后,妈妈已经把泳池排水沟上的一条条污垢冲洗干净,正跪在一块破旧的运动垫上修补着小花园区。茱蒂正在用一把蓝色的硬毛刷用力地刷着肮脏的躺椅，我则在露台区域用带有颜色的水泥填补地面上的坑洞。

就在我快走到车库的一侧，准备再配制些水泥时，无意中听到茱蒂在和妈妈谈论我。她说："他太，他就是太，呃，奇怪了！我是说，有哪个十五岁的男孩会做饭呢？他不正常。还有他脸上的表情！好像他在强颜欢笑一样。"她说这话的语气就像我脸上的表情是头号问题。"罗莉，我真的觉得他会伤害自己的。而且你永远说不准什么时候会发生——所有的这些校园枪击案……没准儿他还会牵连其他人的。"

就在两个小时前，她还在对我说她觉得我会做鸡蛋是件很了不起的事。现在，就因为会做鸡蛋我成了一个杀人狂。现在，就因为我笑得不够好，我就有可能会随机杀害商场里的顾客。为什么我身边的大人都一定要在我心情不错的时候打击我呢？

我突然觉得如果我能像修补露台那样去修补我的生活该有多好。我在想有没有足够多的赤褐色水泥能够填补那些空洞，造成这些空洞的是我爸爸？我妈妈的骨气？还是我的勇气？

我想起最后一次告诉爸爸纳德对我的所作所为时，他却说："儿子，你的生活中总会出现霸凌者的。有些人就是不懂该如何与人相处。"

总会？我知道这听起来很愚蠢，可是如果我总是要对付这种烂事，那么活着还有什么意义？我知道自己未来会有更好的生活，甚至我可能会让自己变成更重要的人。但是如果我一直都要面对这个混蛋，那么这一切又有什么意义？

我知道如果我大声地问出这个问题，茱蒂舅妈说不定会打电话叫救护车之类的，但是他们为什么就不能认真地回答我，而不是让我对此事闭口不谈。

我想这可能是因为他们也觉得自己没能做到公平而感到内疚。于是他们没有选择去解决问题，而是冲那些说出了"我宁愿吸食汽车尾气也不愿再在这里多忍受一天"等之类的话的孩子发火。

每个人都至少说过一次这样的话吧，难道不是吗？而且，我真的觉得自己情愿吸食汽车尾气也永远不愿再面对这糟糕的一切。妈妈说纳德就是个废物，他长大以后也不会有出息。她还说等我到了四十岁就会懂了。可我现在就想弄明白。

晚饭我们吃的是速冻的墨西哥烩饼[①]，味道不算太差。虽然我的那份里面有红色的墨西哥辣椒，不过我还是吃了下去。我吃得满头大汗，靠喝水来下咽。洗完碗时，我觉得自己迫切地需要出去走一走。

今晚我一边散步一边戴上耳机听着摇滚乐。现在已经是晚上九点半了，可气温还是很高。正当我转过最后一个街角时，感觉有人拽了一下我的胳膊。我从散步时恍惚的状态中一下子回过神来，用拇指关掉了音乐。

---

① 墨西哥烩饼（Enchiladas）在西班牙语里的意思是"蘸辣椒"，它是墨西哥最受欢迎的菜肴之一。烩饼的基本做法是用玉米饼裹着肉、其他食材卷起来，倒上一层辣酱，然后烤香。

是她。我的忍者。

"你这是要去干什么吗?"她问。

我不知道该怎么回答,于是说:"就是散散步。"

"你的脸怎么了?"

"没什么。"太蠢了。很明显,我的脸出了问题,我只是不知道还能说些什么。

"你被人打了吗?"

"没错,可以这么说。"

"我听我妈妈说你住在茱蒂和戴夫那里,因为你妈妈想要和你爸爸分开。"

"是啊,不过我觉得那只是一部分原因。还有其他原因。"

"她说你们是从肯塔基州还是哪里来的?"

"是宾夕法尼亚州。"

"这样啊。"接着是一阵沉默。我盯着她,就像她刚从遥远的星系降临一样。我感觉自己的喉咙有些发紧,因为它知道只要我一开口,肯定会说出让她讨厌我或觉得我和她不是一类人的话。不过,我感觉现在就已经很明显了。"你多大了?"她问。

虽然明知道自己在说谎,可我还是说:"十五岁。马上就十六岁了。"其实我还有九个月才到十六岁。"你呢?"

"十七岁。"

"酷。"我说。

"那么,如果不完全是因为你妈妈想要离开你爸爸,你到这儿来还因为什么呢?"

第十七章　133

"那个……"我的脸红了起来。我感觉自己就是个小姑娘。"我也说不清楚。我被一直找我麻烦的家伙揍了一顿。我妈妈说她受够了,谁知道是受够了什么。"当我说到"受够了"这三个字时,我弯了弯手指,打了个双引号。

我发现我们正朝着两个房子间的一条漆黑的缝隙走去。"你不是个混蛋吧?"她问。

"呃——不是吧?"

"看样子你好像不太确定。"

"我觉得我不是。"我说着,完全被如此疯狂的情景所震惊。她真是太美了!

"跟我来。"她说着跑进了两个房子之间,走到马路的对面。我跟在她身后。她穿着一身黑色的衣服,上身是一件轻盈的长袖黑色连帽衫。跑起来的时候,兜帽就掉落在颈后,头发也随之飘散开来。她又从另外两栋房子之间抄了近路,从一群吠叫的狗前面经过,然后像羚羊一样跳上了一堵一米高的墙。她的头发随着她的动作上下起伏,就像一块飘舞的丝绸。

我们来到了一片儿童游乐区,她在一架秋千上坐了下来。她不得不先挪开头发,否则就会坐到上面。我走过去,坐在了她旁边的秋千上,屏住了呼吸。她的嘴里叼着一根香烟,正在用火柴点燃。我们坐在那里,她在吸烟,而我在看她。一时间过于安静,所以我做了一件有史以来每当这样的时刻都会做的事。我说了句愚蠢至极的话。

"你不该抽烟。"

她对我的话嗤之以鼻:"你不该骗我说你不是个混蛋。"

"我不是那个意思。我只是……我是说——呃——在我眼里你不像是会抽烟的人。"

"这是我反抗的一种方式,"她说,"如果你是我,你也会这么做的。"

"嗯。"我咕哝了一声。我永远也想不明白像她这样一个足以惊艳全世界的漂亮忍者女孩有什么要反抗的。

"那你为什么大老远跑到这里?你为什么不去肯塔基的亲戚家住呢?"

我感觉自己有点儿过于信任她了。我竭力地想让自己闭嘴,因为蚂蚁们对我说:"注意安全,路奇·林德曼。闭紧嘴巴。"可我还是说了起来:"我们不得不来这儿是因为我妈妈是条鱿鱼,戴夫和茱蒂的家里有游泳池。我妈妈每天得游上几个小时,就像鱿鱼一样,否则她会干死的。我爸爸不得不待在宾夕法尼亚州是因为他是一只乌龟,除了去骨的鸡胸肉和有机蔬菜以外的事,他都无法应付。"

我的忍者女孩在对我微笑:"你妈妈是一条鱿鱼?"

"从心理上来看,的确如此。"

"而你爸爸是只乌龟。"

"没错。"

"那么你是什么呢?"

"我还不知道。"

"你很有趣。"她说。

第十七章　135

"谢谢。"我不知道该说些什么。我所有的注意力都在她那只玲珑小巧的翘鼻子和包裹着香烟末端的滤嘴的嘴唇的轮廓上了。

"如果我把你带走了,他们会想你吗?"她问。

"什么?"

"你今晚能和我一起出去吗?"

"我们什么时候回来?"蚂蚁们把脸埋在手里。一个漂亮的十七岁女孩想要带我去一个地方,难道我就这样去回应她吗?

"午夜前,灰姑娘。"

"我们要去哪儿?"蚂蚁们说:"你的第一个问题还不够蠢吗,林德曼?真是的,你可真够扫兴的。"

"去排练。"

"哦。"

她的回应却是:"你是如何看待阴道的?"

我目不转睛地看着她,把这个问题在心里默默地重复了七遍。你是如何看待阴道的?我听见马路上有汽车朝着儿童游乐区驶来,打断了我的思绪,因为我根本就不知道该怎么回答。

"嗯?"她问。

"那个——我喜欢它们,毫无疑问。"我说。

"它们?你是说阴道吗?"

"是的。"

"那么既然你喜欢,为什么不说出来呢?"

"我刚刚说了呀。"

"我是说那个单词。阴道。知道吗?"

我不禁汗流浃背。汗水顺着我的手臂后面流下来,我感觉糟透了。我想有生以来我唯一一次说"阴道"这个词,就是在我八年级的生理卫生课上,回答类似"产道的名称是什么"这样的问题。

她正对着我的脸说:"阴道!阴道!我的天啊,这个词究竟有什么可避讳的?它就是一个身体部位而已!扁桃体可以说?胳膊肘是不是也可以说?"

我看到那辆车在儿童游乐区的停车场停了下来,我有一种大事不妙的感觉。我不知道该如何回应忍者女孩。老实说,我有点儿怕她。她正一边踱步一边咆哮。

"每五分钟,我就不得不听电视播放关于持续勃起超过四小时的广告,可是竟然没有人会说阴道这个词!真是太不正常了!"

我看到四扇车门依次被推开。我产生了幻觉,以为有四个纳德走下了车。"糟了。"我说。

"糟了?怎么'糟了'?"

"也许我们应该离开儿。"我警惕地说。

"为什么?"

"那些家伙从车里出来了,真的。"

她大笑起来。声音是从喉咙深处发出来的,低沉又性感。"那些家伙"——说到这里她弯了弯手指,打了个双引号——"是我的朋友。"

第十七章　137

"这样啊,"我放松下来说,"那就好。"

"那么你会说出来吗?"

"啊,当然,"我说,"阴道。"

她咧开嘴开心地笑着,飞快地鼓了鼓掌,好像在某个游戏节目中赢得了一轮比赛一样。这时,我才意识到我们还不知道彼此的名字。

"你的名字是什么来着?"我问。

"金妮。你呢?"

"路奇(Lucky)。"

"没骗我?"

我点点头。她眉开眼笑地拉住我身上的POW/MIA主题的T恤衫,冲着朝我们走来的朋友喊道:"嗨,大家快看!我刚刚抓到好运(I just got Lucky)啦!"

四分钟后,我和五个女孩挤在一辆车里。其中三个梳着平头,所以一开始我才把她们当成了男生,不过我觉得我不该说出来。金妮紧挨着我,透过休闲裤我能感受到她腿上的温度。

就这样,我和五个女孩挤在一辆车里——其中有三个女孩梳着平头,另一个女孩叫香农,我感觉自己的心要跳出来了,浑身滚烫。蚂蚁们说:"天啊,路奇·林德曼。你就不能控制一下吗?"

我开始让自己去想一切能摆脱它的事情。纳德、茱蒂舅妈、我妈妈、七岁时奶奶的葬礼、爷爷哈利、丛林疾病、截肢。可是没有一个奏效，于是我只能祈祷在我需要再次站起身之前还有一些时间。

一个半小时后，我坐在当地娱乐中心镶着瓷砖的地板上。我的新朋友在隔壁的房间正在排练一部《阴道独白》①的戏剧。

当她们告诉我剧目的名字时，我犹豫着不知道该说些什么。幸运的是我什么也不必说。"这部剧讲的是我们的阴道是如何一直受到男人掌控的，"金妮解释说，"但是我们的出现就为了夺回主动权。"

其中一个女孩说："说得太对啦！"

"你就坐这里等我们吧。我们应该一个小时就能结束。"金妮说。

"可是——"

"你可以下周和其他人一起来看。"

"那你为什么要带我过来呢？"

"这样总比你一个晚上绕着街区走十圈，"她说，"或是从你舅妈家的露台上偷窥别人要好吧，对不对？"

一开始，我在门外偷听，但是外面的车流声与中央空调的

---

① 《阴道独白》（The Vagina Monologues）是由美国女作家伊娃·恩斯勒（Eve Ensler）创作的一部具有强烈女性主义色彩的戏剧作品。该剧于1996年首演于纽约外百老汇，并获得1997年奥比奖最佳剧本奖。该剧通过作者对200多名不同背景女性的访谈创作而成，内容涉及女性的身体、性、快感、暴力、性取向等多个主题，旨在打破社会对女性身体的禁忌和偏见。该作品由多个独白组成，每个独白都以不同的女性视角探讨与"阴道"相关的故事和情感。剧中不仅有对女性性快感的坦诚表达，也有对性别暴力的控诉，展现了女性在性与身体自主权方面的复杂经历。

第十七章　139

轰鸣声交替响起,没有一句话能听得完整,于是我放弃了。我只知道这是一部戏剧。不得不承认,我已经开始对它的内容产生了兴趣。

到了十一点十五分,我有点儿生气了,因为她们把我带到这里,却只是让我无所事事地坐着。我感觉自己被困住了,我既不知道自己在哪儿,也不知道怎么回家。我感觉自己又变成那个愚蠢的小孩——就像纳德给我感觉的那样——于是我倚在墙角,想试试看自己能不能找到爷爷。

营救行动 107 号——老挝的内河船

我和爷爷坐着鱼雷快艇在南乌河[①]上顺流而下,红色的河水里面布满了淤泥。爷爷盘着腿坐在船头。他瘦得皮包骨,我甚至能看清他皮肤下的每一根筋。他被阳光晒得黝黑,又因为营养不良而面色灰白。他身上有多处开放性溃疡。这一次他的一条胳膊不见了。

我紧紧地蜷缩在船位,把船舷当作毯子。河两岸的悬崖峭壁显得我的个头像矮人一样小。河水十分平静,四周也只有宁静。为什么一切变得如此安静呢?

我突然意识到这里只有我们俩。没有看守。我站起身,轻手轻脚地朝爷爷走去。我低头打量着自己,发现我此刻拥有所有梦境中最完美的身材。就连我手上的肌肉也异常的壮硕。

---

① 老挝北部河流,湄公河 12 条主要支流之一。

"我们逃出来了吗?"我内心很纠结,不知道他会对我说些什么。

"在某种意义上来说是的。"

在某种意义上来说?

"我们现在要回家了吗?"我问。

"并不是。"

"那我们这是去哪儿?"

"去接你的朋友们。"

"我没有朋友啊。"是这样吧?我想到了弗莱迪的劳拉和丹尼。他们算不上我真正的朋友。

"然后我们要举行一个派对。跳舞,好好庆祝一番,大家一起欢笑。"

他一定是神志不清了。这是被困在丛林四十年导致的。如果不变疯,一个人怎么可能熬过来呢。

我突然听到远处传来了喊声。是我的五位新朋友——除了金妮和香农,我不知道其他人的名字。她们正站在河边的一块锯齿状的岩石上,笑着看我们。

"这边!"香农喊道,在把手臂举过头顶来回挥舞着。

"救命!"金妮喊道,她的长发在身后摇曳。

爷爷用一根长长的棍子将船朝她们的方向撑去。直到驶近了我才发现有两个女孩一丝不挂。我并没有因此产生任何反应。

就当我们把船固定在岩石下面的小木质码头时,鱼雷快艇变成了一艘渡轮。它一直在变大。我抬起头，爷爷的胳膊又长了回来。他身穿海军的制服，看起来就像这艘船的船长。我看到自己正穿着水手的服装，脚下还有一双闪闪发亮的鞋子。

就在我们帮助五个女孩登船时，她们也发生了变化。金妮身上破旧的黑色睡衣变成了一条粉色装饰着亮片的紧身舞会礼服。香农那件用米袋充当的裙子变成了一条蓬松的带有褶边的连衣裙，我根本无法想象她会穿这样的衣服。其他三个剃着平头的女孩登船时身上的衣服也发生了如此神奇的变化。

从渡轮的扬声器里传来了怀旧的音乐声，就像奶奶以前常听的那种乐曲。我是第一个坐下来的人，因为我这辈子从来没跳过舞。

"快来，路奇！跳舞可以治愈你！"爷爷说。

他有两个舞伴，一个平头女孩和香农，他们围成一圈优雅地舞动着身体，仿佛他们已经和彼此跳过无数次一样。他们跳得很美。香农的裙摆在她的身后飘动。爷爷欣喜若狂，他的脸看起来年轻了四十岁。

"快来！"他说。

我站起来，向金妮和其他两个平头女孩伸出手去。和其他人一样，我们也围成了一圈。我没有踩到任何人的脚趾，也没有被绊倒或摔倒在地。一首歌曲结束后，又传来一支由大型爵士乐队演奏的曲目。我绕圈旋转，转动着身体，挪动着脚步。我感觉很自由。我撑着女孩们向后弯腰，拉着她们原地旋转，自己也旋转起来。我优雅地鞠躬，感觉自己就是一个电影明星。

跳舞的时候，金妮直视着我的双眼，我意识到她能看到我的未来。她能看见我未来的样子，而不只是我现在的样子。

这时传来了爆炸声。

你感受过炸弹在附近爆炸时所产生的冲击波吗？这是一种无与伦比的感觉，仿佛地狱在瞬间降临，你认识的每一个人都奄奄一息。

******

排练室的门"砰"的一声被重重地关上了，就在我耳边。

我醒来时，女孩们正路过我身边朝着大门口走去。我抬起头，看到女孩们正对我说着什么，但是爆炸的响声几乎将我震聋。我摇了摇头，张大嘴巴做着吞咽的动作。透过耳朵里爆裂声，我听见金妮说："我们先去麦当劳，然后她们把我们送回去。你饿不饿？"

"好啊。"我说。一个小时后，女孩们把我和金妮送回到儿童游乐区，并约定周五一起进行正式的彩排。

她们开车离开后，我们俩独自留在漆黑的游乐区。金妮走到足球场的对面。

"开车的女孩叫什么来着？"

"凯伦。"

"凯伦。"我重复道，试图把她和其他两个平头女孩区分开，可我还是无法分清楚。

"戴着鼻环的那个女孩是玛雅。她是波多黎各[①]人。"

"我甚至都没看到她戴鼻环。"我说。

"吃麦当劳时,你在她对面坐了有——大概——二十分钟吧,竟然没看到她戴鼻环吗?糟糕。你的观察能力也太差了吧?"

那个时候,我一直在想象五个女孩穿着舞会礼服在南乌河渡轮上的样子。

"她们叫玛雅、凯伦和香农和——呃……"

"安妮。"

"还有安妮。"

"没错。她的名字简直就是一个残忍的笑话。她长着红头发,是被家里领养的孩子。懂了吗?"

我没懂。这一定很明显。

"孤女安妮?[②]"

"啊。是啊,的确是个残忍的笑话,"我说,"她就是因为这个所以剃掉了头发吗?"

"什么?"我听出来她问"什么"肯定不是指我没听清你的问题。而是你刚才到底说了什么!这个意思。我突然意识到自己说错话了。"你刚刚说什么?"

我解释说:"我的意思是——呃——她之所以剃掉头发是

[①] 波多黎各位于加勒比海,是美国的领土。波多黎各的文化具有多元性,受到了西班牙、非洲、美洲原住民等多种文化的影响,因此在音乐、舞蹈、美食、语言等方面都具有独特的特点。

[②] 出自《绿山墙的安妮》,主人公红头发的安妮是一个被收养的孤儿。

不是因为她叫安妮，所以不想让别人看到她红色的头发。但是现在我把它——呃——大声地说出来，我知道自己有多蠢了。"

"不过，你为什么这么在意头发呢？"

"我没有。"

"没有吗？"

"没有。"

"那么你不喜欢我的头发吗？"

"你的头发好看极了。"

"是啊，没错，"她说，"但这是大家唯一会关注我的部分。"

一开始我没有回应她，直到我发现她在等着我说些什么。"你为什么会这么想呢？"

"茱蒂没告诉你吗？"

"没有。她应该告诉我什么？"我问。

"哦，没什么大不了的，我是一个模特。"

我点了点头。她当然是模特。显而易见。

"不过，是我的头发。我是头发的模特。我其他的身体部位都在反抗。"她说。我很想告诉她，她的脸颊、双腿和完美的双手都完全可以当模特，但是觉得这听上去不太好。

我们走到了不得不分开的地方。我得想办法在半夜两点神不知鬼不觉地溜进茱蒂和戴夫的房子。金妮得变身成后院的忍者。在她跑开前对我说的最后一句话是："我真的很希望你能来看演出，你觉得能搞定吗？"

"下次是什么时候?"

"下个星期五和星期六。"

"当然。"我说,随后她就离开了。

第十八章

路奇·林德曼需要紧急帮助

第二天早上洗澡前，我仔细观察着镜子里的结痂。它的形状还是和西弗吉尼亚州的版图一模一样，不过它的边缘正在愈合，还有些起皮。每次涂芦荟胶的时候，我都能感觉到部分结痂已经开始剥落。擦伤最严重、结痂最厚的地方刚好在颧骨上，也正是莫农加希拉国家森林[①]的形状。我发誓——这绝不是我胡编乱造的。

洗澡时，我又想起了昨晚的事。我真的和五个女孩出去了吗？五个比我大的女孩？我努力回想着她们的名字，当然记得金妮。香农。我现在还记得安妮，因为金妮告诉我她名字的故事。其他两个女孩目前在我心中都叫平头女孩，直到我再留意到她们其他的特点。蚂蚁们在浴帘杆上站成一排，说："林德曼，你的记性也太差了。"

走出浴室时，我看了看手表。现在是十一点半。这是几个月以来我起得最晚的一天。我的肌肉还是很僵硬，但是这种僵

[①] 莫农加希拉国家森林（Monongahela National Forest）位于西弗吉尼亚州南部，具体位置在阿巴契亚山脉的崎岖地带。

硬的感觉很好。我穿好衣服,站在镜子前在往脸上涂抹些芦荟,我把结痂边缘要脱落的部分缓缓剥落。剥完后,结痂的形状变成了密歇根州的版图,反正和连指手套的形状一样。

我决定把衣服挪到茱蒂想要我放的位置——为了让好的能量流进房间。我今天心情不错。我觉得自己是一个有朋友的孩子。一个有自己生活的孩子。

然后我走进了客厅,看到妈妈和茱蒂舅妈旁边坐着三个我从没见过的人,他们都紧锁眉头,盯着我看。

我努力让自己相信他们只是过来拜访的朋友。可是听了茱蒂的介绍后我才知道他们是她叫过来帮助我的专家。妈妈示意我坐到唯一一把空椅子上,脸上的表情就像是有人往她的格兰诺拉麦片里面小便来着。

在被迫假笑了一个月后,我脸上的表情又恢复了以前的苦闷。我想在这些人面前发疯——揭下更多的结痂,然后吃下去;用袖子来擤鼻涕;蹲在茶几上,在最新一期的《人物》上大便,这些行为不正是他们想要看到的吗?当地妇女拯救了疯狂的男孩。未来校园枪击案得以避免。

"你经常穿得松松垮垮的吗?"其中一个人问。

"你经常起得这么晚吗?"

"你入睡困难吗?"

"你每天按时吃三餐吗?"

"你是不是遭到了霸凌?"

"你记得上一次感到快乐是什么时候吗?"

"你有没有想过自杀的事?"

"你去年在学校难道没遇到麻烦吗?"

"你有喜欢的活动吗?"

"你有兼职吗?你在家里做家务吗?"

"你为什么要穿那件T恤衫呢?你是POW/MIA运动的拥护者吗?"

一时间我成了众矢之的。"我就是POW/MIA运动。"我说。

"没必要反应这么激烈。"其中一个人说。

我觉得妈妈应该会感到些许的欣慰。在她眼里我向来是那个对任何事情都说"好"的没骨气的男孩(那个对任何事情都说"好"的没骨气的女人的儿子)。

茱蒂抛出了最后一个问题。"你昨晚去哪儿了?"

我差一点儿就要把金妮、香农、安妮和两个平头女孩的事告诉她们了——关于阴道这个词——可我不想给这些女孩儿惹麻烦。所以我说了谎。

"我走到儿童游乐区,在那里看星星,可是我睡着了。如果你们想知道,我可以告诉你们我做了什么梦。"我说。

就在茱蒂想要开口说什么的时候,妈妈说:"路奇有那样入睡的习惯。他经常会在白天做梦,在家时经常如此。"

"那你带他去医院看病了吗?"

虽然我知道妈妈很想大笑一场,可她保持面带轻松的微笑问:"看什么病?"

"睡眠紊乱呀!"

"紊乱？"她像驱赶苍蝇似的摆手表示否认，不屑地笑着说："我可不这么认为。我觉得他就是一个正常的青少年。"

"如果你愿意，我可以查看一下他的情况。"在场唯一的男士说话了。我推测他是名医生。我希望如此。因为之前我还从未听过哪个完全陌生的人提出要"查看我的情况"。

"真的不用。他很好。"妈妈说。

"如果他真的没事就不会整晚都待在外面！"茱蒂说，"我觉得艾尔莎说得没错，他就是不正常！"

我向前倾着身子说："虽然我是有些奇怪，但我没有像你一样吃药成瘾。"

大人们顿时目瞪口呆。蚂蚁们都起立鼓起了掌。

"他一直都这么无礼吗？"艾尔莎向茱蒂舅妈问。

妈妈说："路奇从来不会无礼，就连他需要无礼的时候也没有过。"

茱蒂咂嘴发出啧啧的声音。

"怎么？"妈妈问。

"我叫来了这么多人来帮他，可你却根本不在乎！"说着，茱蒂双手一摊。

"谁让你这么做了？谁说他需要帮助了？他是个很好的孩子！再说了，关于孩子的事你又了解多少呢？"

茱蒂的脸气得发紫，简直就是甜菜的颜色。"你怎么敢这么对我！"

妈妈翻了个白眼。

"我在你们需要的时候向你们敞开了大门,结果你们却这么对我,那么——"

妈妈打断了她的话,微笑着对三个看热闹的人说:"我得求着我哥哥让她接受我们,"她又看着茱蒂说,"自从我们来了,你就一直把我们当成负担。"

我已经回到客房打包行李。对我来说这是一种放松。我知道我哪儿也去不了,可我还是整理着行李箱。门开着,客厅里的对话缓缓地传到我的耳朵里……只有我没有参与。

"我觉得某些人真是不知足,明明努力对他们好,他们却不领情。"茱蒂说着,然后轻轻地抽泣起来。

过了几秒钟,妈妈说:"你不该没经过我们同意就贸然地安排这一切。路奇很好。而且,你也会很好的。等你的这些朋友一离开,你就可以去吃你需要的那些药片了。"

当妈妈和我关上门待在客房时,我听到茱蒂在向她的朋友们辩解自己服用药物的事。"我没有像吸食可卡因那样吃药,医生说我需要服用那些药来治疗我神经的问题,"她补充说,"我妹妹还有一件事没有告诉你们,那就是他儿子这样有一半的原因是她造成的。她待在我游泳池里的时间远远超过了她陪伴她儿子的时间。"我冲妈妈笑了笑,可她却没笑。她坐在床上搓着双手。

"别内疚。"我说。

"可我感觉很难受。"

"我们可以去住酒店。"

第十八章

"戴夫不会让我们住酒店的。"

我在她身边坐下来。"我们又不是非得听戴夫的。"

"酒店很贵。"

"那也没有和情绪星球上的怪夫人一起住的费用高。"

她轻声笑了起来。

"我没开玩笑,"我说,"要是还得这么过两个星期的话,我都在想自己是不是得靠她的那些药才能熬过去了。如果你想住酒店,费用可以从我修剪草坪赚的钱里出。我现在有两千美金呢。"

她叹了口气说:"我们不能这么做。戴夫是我的哥哥。只要等这些奇怪的人离开,我们就去解决这件事。"

"太吓人了。"

"没错。"妈妈赞同地说。然后她看着我,"路奇?"

"怎么了?"

"刚刚你说你就是POW/MIA运动是什么意思?"

我想了想,开口说:"我也不知道。"

"没事的,真的。你可以和我聊聊。"

"没骗你。我真的不知道自己想要说什么,"我说,"我猜我想说的是——呃——我感觉出生时身上就刻着POW/MIA的徽章,你懂我的意思吗?"

"那你是不是想要我去和你爸爸……"

"不是的,"我在她想出要说的话之前抢先说道,"我喜欢这样。这是我的信仰。在我的内心深处我知道爷爷仍然在那里。"

"这样吗?"

"你认为不是这样吗?"我问。

她咬着下嘴唇思考着。"我没有你那么确信,"她说,"不过你怎么会如此笃定呢?"

"我就是确信。"

"我很担心你,"她结结巴巴地说,"你做的那些噩梦。我在你房间里发现的那些东西。"我不敢相信她竟然和我聊起了这件事。一直以来,在我心中她都像是一位沉默的共犯,心照不宣。可我还是不能对她和盘托出。

"不用担心我。我很好。我向你保证。"

"那就好。"她说。

沉默了片刻,我说:"我能问你件事吗?"

妈妈点点头。

"奶奶去世后,爸爸为什么没有把爷爷的相关文件打包带回家呢?难道他不在乎发生了什么吗?难道他不想找出真相吗?"

妈妈叹了口气。"你不知道你爷爷的事对你爸爸造成了怎样的影响,三十年来他一直看着自己的母亲苦等无果。他已经筋疲力尽了。"

"我不明白。他明明什么都没做,怎么会筋疲力尽呢?"

"光是看着这一切就足以让人身心俱疲,让他心碎,"她说,"直到临终时,她仍然没有收到任何答复。你爸爸无法继续背负这一切。"

我勉强地点点头,好像自己理解了一样。我猜我能理解吧。可我不明白的是,既然他把一切都抛在脑后,为什么还是过得一团糟。

客厅里的谈话声越来越大。我好像听到茱蒂说:"我没有药物成瘾!"这句话打破了屋里严肃的氛围,好像她让自己被迫进行了心理干预。妈妈和我轻声地窃笑一下。

"说真的,你昨晚真的在儿童游乐区睡着了吗?"

"嗯——对。"也就是说不是的。她知道。

她直视着我。"注意安全,好吗?"接着,她抚摸着我的脸颊——是正在愈合的那一侧——"哎呀,有点儿流血了。"说着递给我一张纸巾。

蚂蚁们说:"我们所有人不是都在流血吗?"

第十九章

你需要知道的第九件事——光明天使步道[①]

我们凌晨五点出发去大峡谷。戴夫开车，茱蒂舅妈异常安静地坐在副驾，除了时不时对其他司机大喊大叫。

"天哪！冷静一下！"

"怎么这么急？"

"打一下转向灯呗！抬一下你方向盘柱上的那根杆子就可以！"

妈妈和我坐在后排。虽然我身边有音乐和书籍，可哪一个都无法让我沉浸其中。我只是看着窗外，观察着外面的地势。有那么一会儿，我感觉自己行驶在宾夕法尼亚州。我以为会看到沙漠和仙人掌，却只看到冷杉树和高高的野草，只是草的颜色更深了，是棕褐色。

我的思绪飘到了金妮身上。昨晚，我随意翻看了茱蒂的那些杂志，发现了一则金妮为洗发水拍的广告。她拍的是"大自

[①] 光明天使步道（Bright Angel Trail）也是美国亚利桑那州大峡谷国家公园（Grand Canyon National Park）的一条徒步路线，属于著名的美国科罗拉多河大峡谷的"南环"（South Rim）区域。

然的馈赠"这一系列产品的广告。照片中的她看起来更加迷人，广告标语"纯天然"几个字用加粗的字体醒目地摆在她美丽的头顶上。如果你看到那张照片，很难想象她会和一群梳着平头、不断说着"阴道"的女权主义者们玩到一起。不过，不管照片里是谁，也许对任何人来说，这都是一件很奇怪的事。我想知道她们今天在做些什么。

"真没想到会有这么多树。"我们穿过弗拉格斯塔夫市直奔西北方后妈妈说。话音落下的十分钟后，窗外的一切都平坦起来，我们开到了沙漠一样的地方，远处的山脉清晰可见。"看来我话说得太早了。"她说。

在经历了偶尔闲聊的四小时车程后，我们终于路过了一块写着"大峡谷国家公园[①]"的牌子。

我们又继续行驶十分钟才真正地看到了大峡谷。说真的，这是我所见过的最震撼人心的景象。妈妈甚至有些哽咽，它可以说是鬼斧神工、壮丽无边。我们能说出的只有"哇哦"。

妈妈感叹道："哇哦！"

我感叹道："哇哦，哇哦，哇哦！"

第一眼的感觉就是叹为观止——让人能听到惊呼声的震撼。我无法将眼前的景色在脑海中处理成像。我感觉好像置身于水下——就像你在电视纪录片中看到的类似大堡礁那样的一

[①] 大峡谷国家公园位于美国亚利桑那州北部的凯巴布高原，是科罗拉多大峡谷的一部分，占地1904平方英里，成立于1919年。大峡谷在1979年纳入联合国教科文组织《世界遗产名录》的世界自然遗产，面积为2724.7平方千米。

座水下天堂。一切都变得庞大而模糊，模糊得很迷人，我感觉自己轻飘飘的，没有束缚，好像在飘浮一般。这大峡谷让我陶醉。

蚂蚁们说："你以为呢？这可是大峡谷——大得令人惊叹的大峡谷！"

戴夫站在妈妈的右边，茱蒂站在我的左边。他们什么都没有说。但当我看向茱蒂时，她正微笑地看着我，然后冲着峡谷的方向点点头，轻轻地拍了拍我的肩膀。

我们沿着来时的路往回返，一直开到一座小村庄，我们的酒店就在那里。它是附近最古老的酒店，拥有峡谷的观景房，好像还挺罕见的，戴夫说临时过来一般很难订到房间，但是他有熟人。他带着我们办理了入住，然后我们就朝着房间走去。

站在两扇房门的外面，才想到还没商量好谁和谁一个房间，大家都有些尴尬。戴夫朝我这边探身，说："路奇，我们俩住一间怎么样？"话音刚落，茱蒂就把他拽了回来，让他打开他们房间的门，妈妈和我也开了门。

现在我才意识到，也许整个亚利桑那之行的真正目的是让我和一个男人建立更深的情感联系。也许是学校的其中一位"专家"告诉妈妈这个主意不错；也许是妈妈自己想出来的；或者，也许戴夫并不是真的觉得我很酷，他之所以那么说是因为他被委派了一项任务。这项任务就是让路奇·林德曼变得正常点儿，或者是确保他不会自杀，或者是让他脸上有笑容。就在走进卫生间小便，顺便查看脸上的结痂时，我的偏执达到了极点,我已经妄想他们把我带到大峡谷就是为了举行某种男子气概的仪式。

吃过午饭一个小时后,戴夫和我从光明天使步道进入了峡谷。这条路虽然有些陡峭,但是不算太难走。宣传手册上说走完全程需要四个小时。我决定在这个下午把我的偏执抛在脑后。

当我们坐在半山腰的一块岩石上休息时,戴夫这才开始和我说话。

"你想告诉我那晚你在哪儿吗?"他问。

"嗯?"

"就是你不在家的那晚。"

我没有说话。

"哥们,我知道你肯定没在游乐区睡着。"

"我睡着了,"我说,"真的。"

"别逗了。"

我叹了口气。我到底该怎么向戴夫舅舅解释这件事呢?

"我遇到一个女孩,我们一起散步走了很久,"我说,"不过,别告诉她们。"

他用力地拍了拍我的后背,力度大到让我感觉自己差点儿从身下的岩石边缘飞出去。"一个女孩!"他说。

"不是——呃——女朋友那种。就是朋友,是女孩。还有她的朋友们。"

"还有她的朋友们?"

"没错。"

他大笑着摇了摇头:"让一个男孩练了练肌肉,很快女孩们就围上来啦。"

"不是那样的。"我说。

"你还是不太懂女孩。"

"不是的,真的。不是那样的。"

他点点头,说:"我不是不相信你。我只是知道女人是怎么想的。"

我站起身,宁愿去徒步也不想再谈论这个话题了。我不喜欢他把我的秘密说成我值得炫耀的资本。这根本就不是什么值得炫耀的事。我现在身处大峡谷,我想好好欣赏它,而不是坐在这里和一个三十多岁的人谈论一件他无法理解的事。

大约两个小时后,我们抵达了距起点两公里的休息区。一群游客挤在一间小的开放式遮阳棚里乘凉。喝了一点儿东西后,我们转身开沿着步道往回返。只听有人说:"你们这就要回去了吗?"随后,他解释说如果我们继续再往前走几分钟就可以看到有生以来最美的景色,于是我们决定听从他的建议。

景色真的值得一看。深蓝的天空下是一望无际的峡谷,看不到尽头。我有一种被吞没的感觉,但是这种感觉很好。我感觉自己渺小得恰到好处。这种渺小的感觉很好。因为如果纳德·麦克米伦来到这里,他也会很渺小。

戴夫问:"你在生我的气吗?"

"没有。"

"我惹你生气了，不是吗？"

"千万别告诉她们我去哪儿了。"我说。

"相信我，我不会的。"

"那就好。"

"我能问你一个蠢问题吗？"

我点点头。

"一直有人说你来这里看我们是因为你想要自杀，是真的吗？"

我不喜欢他的说法。我才没有来看任何人。如果要我选，现在我更想和劳拉·琼斯玩金拉米。

我们在一块阴凉的土地上席地而坐，他把我们共用的水壶递给了我。"我并不想打探任何事。你懂的，我只是想知道究竟是怎么了。"他补充说。

"我没想要自杀。我只是说着玩儿的，然后被发现了，他们表现得好像我疯了一样。"

"说着玩儿？"

我把调查问卷的事情向他和盘托出，给他讲了学校对此夸张的态度，以及直到学期末我的储物柜里不断地收到调查问卷的反馈。我告诉他根本没有人关心学校里究竟发生了什么——大家只关心这种愚蠢的编造出来的事。

"这么说，我猜现在的学校和我上学的时候没有太大的变化。"

"还是那么糟糕。"

"是啊,"他说,"不过,知道你没有真的想要自杀还是很高兴的。我是说,这样所有问题都迎刃而解了。"

"没错,对吧?"

"嘿,如果你想聊聊其他的事情也可以找我,懂吗?"他说,"要么聊聊你的那些秘密女友们。"他笑了起来,我也跟着笑,只是为了不想让他觉得他说的这些废话有什么不好。

当我们爬上最后的一段路时,我突然爱上了亚利桑那州。我爱妈妈她那认为打包离开是好主意的决定。我爱戴夫,他变成了我一直缺席的爸爸。我爱茱蒂,虽然她有点儿疯疯癫癫的。我不想弗莱迪游泳池、劳拉或我自己的床。我也不想我爸爸,这就是他作为一个藏在外壳里的弱小又肉乎乎的整日思考菜单的生物的悲哀吧。

第二十章

路奇·林德曼还在试图描述大峡谷

在酒店办理完退房之后,我们沿着大峡谷的边缘开车兜风,拍照留念。妈妈和我轮流试着用语言来形容大峡谷的景色有多瑰丽壮美,最后都能没成功,于是我们俩又去欣赏蓝天。

"我简直无法相信它竟然能如此神奇地变幻着颜色。"她说。

的确如此。前一刻天空还是橘色和红色,下一秒就变成了紫色和蓝色,再下一秒,它就和宾夕法尼亚州的蓝天一样,可是要更辽阔。这一切都取决于你观察的时间和角度。

我们抵达了一处热门的停车拍照点,一群穿着大学校服短袖T恤的大学生刚好也在那里。我们停在他们的右侧,妈妈和茱蒂拍了很多照,接着那群学生又大声叫嚷起来。

"去吧!别像个软蛋似的!"

两个男生正站在边缘,盯着一条狭窄的岩石小道,小道尽头是一个小岩石平台,距离悬崖边缘只有大约一米。平台的下面由一根石笋支撑着,看上去就像《BB鸟和歪心狼》[①]系列动画片里的场景:BB鸟会站在那座平台上嘲笑歪心狼。而狭窄的小道就像高空的平衡木一样。你可以看到很多人在上面走过的痕迹,平台的表面也有风化的迹象,就好像人们真的足够蠢或者有自杀倾向要去那里一样。

"走啊!"一个女孩的喊叫声从那群人中传来。

于是那个最勇敢/最愚蠢/最有自杀倾向的男孩颤颤巍巍地走上了小道,最后轻轻一跃,刚好跳到平台上。他刚好稳住了自己向前的冲力没有从边缘掉下去。茱蒂舅妈目睹了这一幕,差点当场心脏病发作。她情不自禁地把手放在胸口,惊呼:"天啊!"

那个男孩站在平台上,冲着为他拍照的朋友做出滑稽可笑的姿势。现在我终于明白了。他们认为这里是绝佳的拍照地点,好像其他的每一寸土地都不是似的。

"伙计们!下一个谁来?"那个男生说着,依然摆着拍照的姿势。

他仔细地观察,用眼睛和脚丈量着小道的长度,然后往回跑去。最后,他毫无征兆地迈出三大步,然后朝他的朋友们跳了过去,勉强站稳。他刚好落到边缘,一只脚滑进了峡谷。戴夫跑过去主动伸出手以便他求助。他的朋友们都呆住了,一动

[①] 是华纳兄弟公司制作的"Looney Tunes"系列动画片中的角色。这一作品中最经典的形象就是兔巴哥,其他动物形象也可以找到其现实原形。其中比较搞笑的一个部分是善于奔跑以速度著称的 Roadrunner(汉译名称"BB鸟"或"哔哔鸟")和死对头 Coyote("歪心狼"或"大坏狼")的故事。

不动。那个男孩找到了立脚点,站起身,拍掉了手上的红土。

"你没事吧?"戴夫问。

"好得不得了。"那个男孩答。

这个自命不凡的蠢货。他让我想起了纳德。在朋友面前哗众取宠,做出很酷的样子。

就在他确定安全的一刹那,他的一个朋友做了同样的事情。他走在那条狭窄的小道上时差点儿失去平衡。为了稳住自己,他像走钢丝的人那样做着手臂绕圈动作。当他返回后,他的另一个朋友出发了。

茱蒂发现我在看着他们,眼中流露出担忧的神色,好像我也想这么做似的。但在我看来,那些家伙就像白痴一样。真的,我从来都不是那种会让茱蒂舅妈忧心忡忡的人。

蚂蚁们说:"直到发生了香蕉事件。"

我朝下面望去,我在想,短短的一秒钟就能彻底改变我的人生,一个失误就可能会让我失去一切。我问自己,在我的一生中,是否真的有那么一刻,让我想那样去做——就那样直接跳下去。我回想起七岁那年,纳德朝着我的脚小便,回想起他整年对我拳打脚踢。也许就是那个时刻,如果当时我刚好站在这震撼人心的大峡谷的边缘,我可能会那么做的。那时的我还很小,跳下去看起来是个好法子。一种解脱的方式。但现在情况不同了。世界好像变得更广阔了,我的生活也变得更丰富多彩。

那些大学生乘坐租来的吉普车离开了,只剩下我们站在大峡谷的边缘。我弓着身子倚在凉爽的围栏上,俯视着峡谷。妈妈站在我身边,也向下俯瞰。她问:"我能给你照张相吗?"

"好啊。"

她往后退了几步,把我放在取景器的中心,然后说:"笑一笑。"

但我没有。

在我们驱车返回的路上,我让妈妈和戴夫和我聊一聊他们的母亲。于是妈妈讲了一件事。她说戴夫当年因为打了一个名叫阿尔弗里德的人而被停学,于是他们的妈妈就在房子外面用扫帚抽打他,并且让他在长记性之前一直坐在外面的门廊里。

"她不停地出来检查我有没有长记性,"戴夫说,"每次她都会回到房子,告诉我还不是时候。她甚至让我睡在那里。"

"我还记得那件事呢。"妈妈说。

"要我说,戴夫还需要更多的时间。"茱蒂说。可是大家都笑作一团的时候,她却没有笑。

我们半路在弗拉格斯塔夫市停下来吃晚饭。回到家时,我已经累坏了,没办法再去儿童游乐区找金妮。入睡时,我又想象了一下如果戴夫是我的爸爸会如何,我试着找出和乌龟截然相反的生物是什么样的。

营救行动 108 号——丛林战俘营厨师大合唱

木质菜板上摆着五种食材,都富含高蛋白——一只玳瑁海龟、一只棱皮龟、一只绿海龟、一只安南龟和一只沙鳖。我们在茱蒂家的厨房里，早餐岛台旁有两个高脚凳，爷爷坐在其中一个上面，把餐巾铺在大腿上。四肢情况报告：健全。

　　我开始把乌龟从壳里分离出来并清理内脏，爷爷则用爱国歌曲的曲调把乌龟的知识唱给我听。第一首，苏萨的《星条旗永不落》[①]：

　　　　安南龟快灭绝啦，
　　　　别抓它也别吃它。
　　　　玳瑁同样危在旦夕，
　　　　都怪渔民毫不留情。

　　　　棱皮龟是爬行老二，
　　　　鳄鱼之下它壳最软。
　　　　绿海龟看着还有很多，
　　　　其实也要同样保护。

　　接下来是苏萨的《美国野战炮兵进行曲》(即《陆军军歌》)：

　　　　要说最绝的盘中龟，
　　　　属沙鳖最有趣传奇。

[①] Sousa, John Philip（1854—1932），美国作曲家，曾任美国海军军队指挥。作有《星条旗永不落》等进行曲一百多首。

一生95%的时间,

能纹丝不动坐在原地。

伏击之王吃肉特别快,

是个两米长的狠角色。

每天就冒头喘两回气,

就算错了也绝不认栽。

"听起来像爸爸。"我一边切肉条一边说。

爷爷一言不发。

"别难过,那不是你的错。"我补充说。我开始往肉里放大蒜、切碎的洋葱以及橄榄油一起煎炸,然后又打开冰箱,看看还有没有其他可以吃的东西。冰箱打开后,我看到了墨西哥薄饼,成百上千袋的墨西哥薄饼。"希望你能喜欢吃墨西哥烩饼。"

"我怎么能不难过呢?我让你失去了一个好父亲,过上了糟糕的生活。"他说。

"胡说,"我说,"你没有让我失去任何东西。你是英雄。爸爸也不是小孩了,他应该知道命运掌握在自己手里。如果他愿意陪着我,他一定会在我身边的。"

"看来你很迁就他。"

我看着这个流着口水、满脸皱纹的老人。他身体的其他部位已经萎缩,眼睛看起来和月亮一样大。"你说什么?"

"做饭啊。你已经找到了走近他的一种方式。"

我把正在煎炸的乌龟肉条翻了个面,这才注意到肉酸腐的色泽,坚硬的肉质。无论我在墨西哥烩饼里添加什么调料,都会很难吃。

"可爸爸就是只乌龟,爷爷。按照这个逻辑,我们就要吃掉他了。"

"哦,我懂了。"他说。

蚂蚁们说:"啊姆—啊姆—啊姆—啊姆(吃东西的声音)。"

我把肉煎好后,在表面撒了大量的辣椒粉用以掩盖它的酸腐味,然后把肉扔到墨西哥薄饼上,再盖上一层厚厚的蒙特利杰克奶酪[①],佐餐的酱汁我用的是烹饪的锅汁[②]。这可能是我所吃过的最恶心的东西了。爷爷笑着说:"孩子,心态比什么都重要。笑一笑,咽下去。我就是这么做的。"

******

一觉醒来,我嘴里就有一股难闻的咸味。不仅仅是乌龟墨西哥烩饼的味道。我醒来时,尝到了由现实做成的墨西哥烩饼。虽然我还没有准备好品尝,但却无力阻止它的发生。

[①] 一种源自美国的半硬质奶酪。
[②] 指的是肉类、家禽等在烘焙或烤制过程中自然分泌出来的汁液。这些汁液通常被称为"pan juices"(锅汁),它们是肉类在高温下释放出来的液体,含有丰富的风味和营养成分。

现实墨西哥烩饼

1 杯	不知道究竟能不能将爷爷营救出来的心情
1/4 杯	也许奶奶对我说这话时的确注射了大量的吗啡
1 汤匙	生活在陆地的鱿鱼和海龟
4 杯	我糟糕的现实生活
2 杯	我不愿离开丛林,因为我喜欢那里的自己
少许	也许这才是我一直没能营救出爷爷的原因

把这些材料放入碗中,用墨西哥薄饼卷好。笑一笑,咽下去。

第二十一章

"扑克脸行动"——高一

上个星期的社会调研课上,我们已经学完了分析数据与绘制图表,一直在研究印度的种姓制度。我每个月还要去和教导处的老师面谈,我还是一直皱着眉。我没有告诉任何人我的储物柜里一直能收到填好的调查问卷。那一摞大概有五十张了,对我来说,这证明了在弗莱迪高中我并不是唯一一个探讨过自杀这个话题的学生,而这也让教导处的面谈看起来更为讽刺。

把一个青少年漫不经心开玩笑设计的关于自杀的调查和如此严肃的事情混为一谈,真的让我很困扰。抑郁症的确是一种严重的精神疾病,真正的自杀事件也经常发生。在弗莱迪高中的某个地方,一些学生的确感到抑郁。在弗莱迪高中的某个地方,有人的确会因为每天都要忍受糟糕的事情而想结束一切。我有证据表明这一切是真实的——可我唯一无法分辨的是哪些问卷是认真写的,哪些不是。

往好的方面看,纳德没有再找我麻烦,因为他和他的那群跟班们正在忙着骚扰别人,我猜是这样吧(当然,我差不多掌握了上学期间完全避开他的办法)。我听说他们对夏洛特·登特进行性骚扰以此作为消遣。有传闻说，在一场摔跤锦标赛的季后赛中，一群男生朝她冲过去，对着她一阵乱摸。还有其他的谣传——更恶劣，不过我不知道究竟哪种说法是真的。因为夏洛特是高二的学生，我和她不在一起上课，但偶尔在学校见到她时，她看上去状态不错。她总是面带笑容。

可是，她的花体字迹偶尔会出现在我储物柜里的调查问卷上，我开始相信她并没有在开玩笑。

如果你打算自杀，你会用哪种方式结束自己的生命？她的回答是：我会割腕自杀，但是在我自杀前，我要先把垃圾袋套在纳德那又大又丑的脑袋上，再用胶带狠狠缠住。

学校对此类行为有相关的规定。如果有人威胁谋杀其他的学生，我们要上报学校，因为这类想法会引发校园枪击案。可是，夏洛特的行为让我无法执行这项规定。首先，我不能再提及任何有关我第一份调查问卷的事了。永远都不能。这样只会让我的处境更糟糕。其次，我的直觉告诉我夏洛特只和我说这些是因为她知道纳德也在欺负我。所以我成了她唯一安全的避风港，哪怕只是通过储物柜的百叶柜门的缝隙来倾诉。而且，我想保护她。我不想让她也遭受我正在经历的校区管理的那些破事。

我的直觉告诉我，无论纳德对她做了什么，都可能和我在更衣室看到他拿着香蕉做的事一样难以启齿。

第二十二章

路奇·林德曼可能是一个跟踪狂

我成了一个痴迷的傻瓜。我把茱蒂的杂志翻了个遍,就是为了找金妮拍的广告,然后直勾勾地盯着那些照片。其中一张里她正和一个男模特手拉着手,这个男生拥有一头完美的头发,样貌出众,这让我感到嫉妒——虽然我知道他只是个模特,在现实生活中她不会真的去拉他的手。

我在电话号码簿里查找克莱门斯家的号码,可是没有找到。我甚至差一点儿就要问茱蒂知不知道号码,或者能否借用她那台古董一样的电脑到谷歌上搜索他们的地址,或者是洗发水的公司,这样我就能看到更多的海报照片,或者是有关她排练的那部戏剧的相关信息,我开始害怕自己变成了一个跟踪狂。真的,没开玩笑。

我必须制止自己,打开电视转移注意力。我一口气看了六集《海绵宝宝》,直到戴夫来到客厅,从他的公文包里拿出一张DVD光盘,声称每一对关系亲密的男性都应该一起看一次

《疯狂高尔夫》①。

"如果连这个都不能把你逗笑,那我想不出还有什么更有趣的了!"他把碟片放入DVD播放机时说。我立刻偏执地觉得他对我的关注不过是装出来的。蚂蚁们说:"闭上你的嘴,好好看《疯狂高尔夫》吧。"

周日,我和妈妈同时醒来。时间还早,刚刚六点半。妈妈说她今天不想去教堂了,我却很纠结,因为我知道去教堂就意味着我又能见到金妮了,于是我说:"我觉得我们还是去比较好。我是说,他们刚刚带我们去大峡谷玩过,我们欠他们一个人情,不是吗?"

妈妈咕哝了一声。

"而且,茱蒂把我们拖去教堂也不是为了让我们改变信仰,她甚至都不做饭前祷告什么的。"

妈妈又咕哝了一声。

"如果你不想去,我就告诉他们你身体不舒服,你可以不去。"

她侧过身躺着,看着我问:"你没事吧?"

"没事啊。"

"那为什么突然对教堂感兴趣了?"

---

① 是一部1980年上映的喜剧电影。影片讲述了高尔夫球俱乐部发生的一系列搞笑事件,主要角色包括球童丹尼、维护草坪的工人卡尔以及高尔夫球俱乐部主席史密斯等。

"我只是想帮你。无所谓。如果你不想让我去的话,我也不是非去不可。"

她又平躺在床上,思考了片刻。

"你说得没错,"她说,"我们欠他们的人情。"

"不过是去教堂而已。"我说。

戴夫又让我穿了他的裤子,我们一起朝茱蒂的SUV走去。今天,唱诗班没有表演,金妮和她的父母坐在第二排的长椅上。我全程一直盯着她的后脑勺。

礼拜结束后,茱蒂拽着戴夫的手朝他们直奔而去。参加礼拜的人群纷纷走向牧师所在的前门,她却挡在过道,和大家闲聊起来。

"我们这周带家里的客人去大峡谷了。"

金妮的妈妈说:"太好了。感觉怎么样?"她问的是妈妈,可是妈妈却盯着彩绘玻璃看得出神,于是我替她回答了。

"非常震撼。"我说。

"戴夫和我度过了一个相当浪漫的假期呢。"茱蒂捏着戴夫的手说。

"听上去不错。"金妮的妈妈说。她的手上戴了几枚硕大的钻石戒指。当茱蒂谈论着大峡谷的风景以及和妈妈徒步的经历时,她快速地看了几眼那几枚戒指。

我微笑着冲金妮打招呼。她向左边挪了挪,看着我,好像我们是陌生人一样,好像她从未强迫过我说"阴道"一样。蚂蚁们问:"她怎么回事?"

"不好意思，借过一下，"金妮的爸爸说着从茱蒂和戴夫身边走过，挤进过道里，"我们今天有点儿忙。"我看着金妮跟在他身后，从我身边路过的时候，她全程都避开了我的眼神接触。

我们去茱蒂最喜欢的教堂后的小餐厅吃了午饭，那里人很多。我们回到家后，戴夫就问我想不想去举重。我没有心情，于是拒绝了。

"你不会是想偷懒了吧，对吗？"

"我只是想休息一天，"我说，"我吃得太多了。"我拿着《第二十二条军规》瘫坐在沙发上，翻开了书。翻动书页的时候，我满脑子想的都是金妮，想不通她看我的眼神为什么那么奇怪。

下午过半时，茱蒂在对面的沙发上坐了下来，看起来似乎很无聊。我抬起头看了看她。她又用那种探究的眼神盯着我。"今晚还想做晚饭吗？"她问。

"我吃完午饭到现在还很撑。"我说。

她又坐在那里盯着我看了半分钟。"想聊聊天吗？"

我不想聊天。不过，和戴夫聊天的感觉还算不错，而且最近几天茱蒂也还算正常，于是我耸耸肩，说："随便。都可以。"

"我觉得你是个好孩子，"她说，"但是你不怎么笑，而且你大部分的时间都在看书。"

好吧。她的本意并不是聊天，她的意思是：想不想听我告诉你哪里有问题呢？

真是见鬼了！谁会对一个孩子说他书看得太多了呢？

第二十二章　175

"我觉得如果你没惹麻烦,你的爸爸妈妈就不会吵得那么凶了。"

"我没有惹麻烦。"我说。

"但你妈妈可不是这么跟我说的。她说你上学期的某个调研项目惹了大麻烦。她说你想自杀。"

"事情不是那样的。"我说。妈妈怎么会觉得茱蒂舅妈能理解呢?

"啊哈,那究竟是怎样的?"

"我不太想聊这件事。不过你误会了。"

"那你的脸是怎么回事?"

"有个混蛋打了我。就是这样。"我翻开书,看着上面的字,暗示她我不想聊天。

"所以,你爸妈就把你送到这儿了。"

"不是的,"我说,"这件事你也误会了。"我深吸了一口气,又慢慢地呼了出来。"听我说,他们一直在吵架。所以,她离开家是因为他,而不是因为我。"

"也许,那只是你的想法,路奇,但事实可能并非如此。"

蚂蚁们俯卧在茶几上,用微型 M16 步枪向茱蒂舅妈射击。

"现在能不能别说了?"我问。

"可以啊。我只是想让你知道我随时都在,好吗?"

我没吃晚饭,直接早早地上床睡觉,只想忘记她曾对我说的这些话。但是我忘不掉。也许她说得对。也许,我看待事情的角度是错的。也许,这一切的确是我的错,尽管发生的这些糟糕的事情并非我所愿。我没有主动让纳德来针对我。我也没有提出让校区机构来帮助我。当然，我也肯定不会主动让我的父母去争论解决的办法。可这还是我的问题。一切都是我的错。也许，这就是我们来这里的原因。

当我入睡的时候，我想到了金妮，想到了她在教堂里看我的眼神。这让我感到了一种熟悉的失落感，就像七岁那年在走廊里看到纳德·麦克米伦时的心情。他甚至不需要对我说什么或做什么，光是他的存在就会让我觉得自己渺小又无助。

我想，不同的是，纳德羞辱我时，他的威慑力会提升。而当一个你真正在乎的人背叛了你时，那种打击的感觉原来会更强烈。

第二十三章

你需要知道的第十件事——药物不起作用

我又被吸尘器的声音吵醒了。就在我们的房门外。我听到它"呼"的一声后退,又"呼"的一声前进,然后,"嘭"地撞到了门上。我觉得茱蒂舅妈今早可能吃了一种暴躁使用吸尘器的药。妈妈坐在床上,用双手抱着头,小声抱怨:"我当时是怎么想的,竟然让我们来这儿了?"

"总有一天,我们会笑着说起这件事的。"我说。

"我不知道,"她叹了口气,"我觉得这是非常错误的决定。"

我坐了起来,说:"我也不知道。我觉得还过得去吧,大多数时候。"她听了微微一笑。

茱蒂舅妈自制了一块屑顶蛋糕①作为早饭,声称受到"路奇大厨"的启发。她坚持大家坐在一起分享。她说:"一起分享美食的家人彼此更亲密。"妈妈趁着茱蒂没有看她时冲我扬了扬眉毛。

---

① Crumb Cake(屑顶蛋糕)是一种在表面覆盖有一层由面粉、糖、黄油等制成的酥粒(crumb)的蛋糕。这种蛋糕通常口感酥松,顶部的酥粒层为其增添了丰富的层次感和风味。

这时，电话铃响了，是爸爸打来的。这让我突然意识到，无论一起分享过多少次美食，我们三个的关系还是没有很亲密。没准儿茱蒂说得没错。妈妈和爸爸之间也许真的存在严重的婚姻问题。我这才意识到，我对他们的世界知道得太少了，尽管我生活在其中。

茱蒂和戴夫家里是无线电话。但当妈妈想要去客房和爸爸私下交谈时，茱蒂却说："罗莉，别走那么远。我可不想在自己的房子里被人说三道四。"她指向客厅，用手势示意她坐在那里。妈妈假装没有听见她的话，径直走进了客房，带上了房门并且紧紧地上了锁。

我一直以为茱蒂只是有点儿疑神疑鬼，直到她开始大发脾气。她将一把抹刀扔到了地板上，然后冲到客房门口，用力摇晃着上了锁的门把手，我感觉事情开始失控了。当看到她用肩膀撞向门时，我伸出手想让她冷静下来。

"茱蒂舅妈！不要！"

她后退几步冲向房门，试图像电视剧里那样把门撞开。但她被弹了回来，门却纹丝不动。她又试了几次，最后放弃了。接着她走到餐桌，在我身边坐了下来，把脸埋在手里。

妈妈悄悄地打开门，看向我，然后又看向茱蒂。

茱蒂说："对不起，是我的神经过度紧张了。我今天整个人都不对劲。"她站起身，走进卧室，关上了门。

戴夫回家前，我试着看看书，和妈妈玩纸牌，其间还时不时地去泳池里游几圈，就这样打发时间。茱蒂一直把自己锁

第二十三章　179

在房间里。我和妈妈轮流在门外偷听屋里有没有抽泣声或脚步声,确保她没有服药过量身亡。

戴夫回家后,我们一起去车库健身。经过十五分钟沉默的负重训练后,他指出仅仅一周的时间,我胳膊上的肌肉线条明显多了。"再练几周,你就会有像我这样的肌肉块了。"他曲臂欣赏着自己的肱二头肌。

"我觉得可能不止几个星期。"我说。

"知道吗,其实练这个并不完全是为了肌肉线条,是为了获得自信,哥们。"

"有道理。"

"难道你没觉得自己已经自信很多了吗?"

"是有一点儿吧。"

"一点儿?现在就跟我练起来!你这么可爱,手臂还有肌肉线条,女孩们会被你迷晕的。没开玩笑。"虽然明明知道他说得很夸张,但是想到弗莱迪的女孩们为我晕倒的画面,我不禁笑出了声。我想到了劳拉,估计她早就把我忘了吧,而我不过才离开两个星期而已。

他停下曲臂的动作,看着我:"说真的——难道你不觉得现在自己可以把那小子打得屁滚尿流吗?或者至少在他对你动手的时候挺直腰杆儿去反抗?"

"还真没想过。"

"为什么?"

我叹了口气:"因为我不是要狠狠地教训他,而是要远离他。远离所有的混蛋。我不想成为他们——我只是想远离他们。"

"那只能祝你好运了。摆脱混蛋和摆脱氧气一样难。"

车库的门开了。茱蒂站在外面。

"五分钟后开饭。"

"知道了!"

"别满头大汗地进屋。"

"知道了!"

当她关上门时,我们尴尬地对视了一眼,用毛巾擦了擦汗,做了几个拉伸动作来放松肌肉。我的思绪回到了戴夫最后说的那句话,并且试图想象摆脱氧气是怎样的感觉。这种感觉很像溺水。

晚饭过后一小时,我留出些时间给自己在街区里散步。我正要回身带上房门,就听茱蒂说:"这次别再走丢啦!"她那得意的语气让我想尖叫。我也受到了她情绪的影响。前一秒我觉得她很可怜,下一秒我想告诉她离得远远儿的。在我关上门前,蚂蚁们朝她扔了几枚迷你手榴弹,躲在门廊的台阶上。

我当然走向了儿童游乐区。那里当然空无一人。

我当然在那里坐了将近整整一个小时,眯着眼睛在黑暗中寻找金妮的身影。而她当然只在我回家的路上才现身。

"嘿。"我说。

"嘿。准备好走了吗?"

在教堂里被冷落后,对此我并不期待。我仍然能感受到心底的失落,觉得需要保护自己。"去不了。我得回家了。"

"回家?你是说,回宾夕法尼亚吗?"

"不是的。回我舅妈家。"

"疯狂的茱蒂吗?"

我点点头。我既为茱蒂感到尴尬,同时又感到一丝宽慰。我很高兴还有其他人了解她疯狂的行为。金妮拽着我的袖子,拉着我和她一起朝儿童游乐区走去。

"你知道这件事?"我问。

"你是说她是个彻头彻尾的疯子?"

"对。"

"你没看到她在教堂里和我爸妈说话的样子吗?她就是一个被动攻击型的斗士。"

"没错。我发现了。"

她把头发拧到一边,以免晚风把碎发吹到脸上。"两年前,她在星期日做礼拜时突然发起疯来,站在教堂里说胡话。"

"什么样的胡话?"

"就是在场的人。说大家都在装模作样,说没有一个人践行信奉的教义,说我们都是伪君子这类的话。"

"在礼拜的时候?"

"对。当时布道刚讲到一半,她就站了起来,开始大吼大叫。"

我花了一分钟的时间想象当时的情景。这并不难,因为我今天早上才亲眼看到她冲向上锁的房门，试图破门而入的样子。不得不说，当我想象她站在教堂里大喊大叫时，我希望自己也在场。也许我还会鼓掌。

"她吃了很多药，"我说，"有点儿过多了。"

"真的？哈。"

"可以说，是远远太多了，"我说，"就是多到我想让戴夫把她送到能帮她的地方。她已经严重到那种程度了。"

"戴夫？"

"就是我舅舅啊，我的意思是，你们这里也有针对这类问题的治疗中心，对不对？"

她看着我，眯起了眼睛。

"怎么了？"

她又看了看我，这次她微微摇头，挑了挑眉毛。

"到底怎么了？"我又问。

"你知道，她变成这样可能是因为戴夫到处出轨，对吧？"

我就像刚刚被她踢中蛋蛋一样。虽然看起来，茱蒂和戴夫并不是我见过的最亲密的夫妻，但他们的婚姻似乎还过得去。

"也是有点儿过多了，"她补充说，"他有一大堆女朋友。"

"不可能。"我说。因为，这是不可能的，对吗？这个对我来说唯一正常的男人，不可能是一个对他老婆不忠的混蛋，对吗？

"嗯，这是千真万确的。可以说——众所周知吧。新闻速报，哥们。"

"可是——"

"可是什么？他工作很努力？他在家里对她格外体贴？"

"我——"

"想知道我是怎么知道的吗？"

"你不是说大家都知道。"

"没错，不过你想知道我是怎么在大家发现之前知道的吗？"她一边问一边翻过围栏走进了漆黑的儿童游乐区，穿过秋千，朝着马路对面的一座小公交车候车亭走去。

我们穿行在街灯的琥珀色微光下。金妮并没有坐到候车亭里的长椅上，而是在温热的人行道上席地而坐。我也跟着她坐了下来，因为我觉得她知道某些我不知道的事。忽然之间，她一点儿也不像那个我认识一晚就莫名其妙爱上的女孩。她看起来就像一个大姐姐或者一只导盲犬。

她点起一根香烟。"我知道，是因为他以前和我妈妈乱扯。"

"哦，"我说，"哇哦。"我只觉得胸口一紧。"这还真是挺严重的事。"

"对于我妈妈来说，倒也不是。她与自己信仰的一切背道而驰。"

"哦。"

"这么说你真的不知道吗？"

我摇了摇头。

"那你以为他一直去哪儿了？工作？"

我点点头。我意识到正是妈妈对我说她的哥哥是个工作狂,就像爸爸一样,才让我产生了这样的想法。事实并非如此,妈妈。

金妮说:"不过我搞不清楚究竟哪个才是原因。我是说,是因为戴夫做了这样的事所以茱蒂才发疯的,还是因为茱蒂的行为导致他开始出轨的,懂吗?"

关于妈妈,我也曾有过无数次这样的猜想。究竟是她和爸爸结婚时就已经是一条鱿鱼了,还是因为嫁给了一个整日痴迷菜单的乌龟才让她变成这样的呢?或者是反过来的?是不是娶了一条鱿鱼让我爸爸变成了一只沉迷于工作的乌龟,这样他就可以避免看到她疯狂的行为,一圈又一圈地游个不停?

"而且,我不是想说混蛋话,但是我实在无法想象,戴夫怎么和茱蒂睡在一起。"

事实上,我不愿去想象自己的舅舅和舅妈做爱的画面。我也不愿去想象我父母做类似的事。我不愿去想任何这样的事情。很多与我同龄的孩子都迫切地想要成为大人,做成人的事情,但我却不想。至少现在不想。

"妈妈说他在床上很体贴,"她说,"我是说,她和她的朋友们这么说的。不是对我说的。她不知道我知道这件事。"

说真的,我宁愿一边看《巴尼与朋友们》[1],一边拿着吸管杯喝果汁,吃着用塑料碗装的动物饼干。

她用力吸了最后一口烟:"我能看出来他是个很棒的情人。"

---

[1] 美国 PBS Kids 频道面向 1 到 8 岁儿童推出的一档电视节目,孩子们在小恐龙巴尼的带领下,以唱歌跳舞的方式来学习。

"好了，别说了，"我伸出手说，"我明白了。"

她笑着捏了捏我的大腿。"这个有家族的遗传吗？"

一辆公交车开了过来，在候车亭前停下。我站起身想要走到黑暗的儿童游乐区。金妮又拽住了我的衣袖，猛地拉着我朝公交车走去，袖子被她扯得很长。

"我身上没钱。"我说。

她在司机前面的投币机里放入了几枚二十五美分的硬币，然后用力地把我拽进了车里。

"我们去哪儿？"我问。

她没有回答。

十分钟后，她用拉着我上车的方式拉着我下了车。我的T恤右边的袖子现在看起来比左边的长了七厘米。

我们下车的站点看起来十分偏僻。我能听到附近公路上行驶的车流声，却看不到一处房屋、商铺或建筑，只有一个公交车站和一条几乎没有路灯的小路。

"这边。"说着，她朝着车流声走去。

我们走了一会儿。我想问她为什么在教堂的时候不理我，但我不知道该怎么问。我不想她突然对我发脾气，把我独自一人留在陌生的街道上。我只想继续感受当下这种友情给我的美好又温暖的感觉。我发现，自己以前从未有过这样的感受。

当我们走近一个看起来像绳结一样的立交桥附近时，公路的车流声越来越大。高高低低的匝道在那里交织在一起。我们现在走上了延伸到匝道下方的市政支路上。

"我们要去哪儿?"我问。

"耐心点儿。"

"我一直很耐心。"

"那就再耐心一些。"

我们走到一处灯火通明的区域,从那里能看到公路上的车辆在身边疾驰而过。我们沿着公路旁长满枯草的低洼地带走了大约八百米,这样就没人能看见我们。然后她带我走到了公路的路肩旁,让我闭上眼睛。

我发现自己做不到。

她可能会把我推进车流里。她可能是一个只是想戏弄我的可怕又刻薄的女孩,就像我生活里遇到的所有人那样。

"快呀!闭上眼睛!"

我假装闭上眼睛,实际上眯起了一条缝。蚂蚁们站在我的肩膀上说:"林德曼,你有我们呢。我们不会让她对你做任何疯狂的事。"我依然眯着眼睛。她扶着我的肩膀,让我原地转过身,面向另一个方向。

"睁开吧。"

"我的天啊!"就在睁开眼睛的一刹那,我喊了出来。

我看到了金妮,她就在六米高、十二米宽的广告牌上。她的秀发像瀑布一样,笑容里带有一点儿妩媚。毫无疑问,那些成年男性上班时会因为看到这块广告牌而展颜微笑的。虽然他们不该用那样的眼神去看十七岁的女孩。

她双手交叉抱在胸前站在原地,目不转睛地看着它。

"你是大明星。"我说。

"我猜是吧。"

"什么叫你猜呀？"我指着广告牌说，"看那儿。你在广告牌上，你出名了。"

"因为我的头发。"

"然后呢？"

"老实说，我宁愿因为我的举动而出名。要么是我激进的政治观点，要么是我能唱得上去高音，要么是看懂物理课的作业。"

"啊哈。"

"我知道我应该感到开心，"她说，"毕竟这是我第一块广告牌。而且，会立在十四个城市的公路上。"

"那你为什么不开心呢？"

"我不知道。"

我们又站在那里凝视了一分钟，然后沿着路肩原路返回，又来到市政支路上，朝着公交车站走去。快要走到车站时，公交车刚好到达，我们跑过去才赶上车。

"怎么样？"

"什么怎么样？"

"嗯——没什么，算了。"

她把双手放在身下，坐在上面来回摇晃着，像个孩子。我说："你爸妈肯定特别为你自豪吧。你是封面女郎，你的脸被贴在六米高的广告牌上。你在唱诗班里唱独唱，出演社区戏剧。

我是说，你——真的很棒。"

"他们才不了解。"她说。

"哦，"我说，"他们早晚会了解的。"

"不，他们不会的。他们并不在乎我是怎样的人，只在乎他们生出来的我这张可以赚钱的脸。"

"不会吧？"

她转过身来对坐在座位上的我说："我生命中的每一天，从醒来的那一刻起都被安排得满满当当了。小时候是各种舞蹈班、各类选美比赛和试镜。我就像嘉宝婴儿食品①商标上的那个孩子一样——你知道那是什么吗？"我摇了摇头。"你知道那些把自己的孩子打扮成大人的模样，好让他们因为漂亮而获得奖杯的那些痴迷于选美比赛的家长吗？我的妈妈就是那样的人。呃，就是在我的舞蹈老师告诉她我跳得很烂之后开始的。"

"唉。"我想不出还能说什么。

"那个女人告诉她我应该发展其他的特长，因为我的舞蹈跳得一般般。于是，他们开始送我去上声乐课。接着他们又让我学舞指挥棒、小提琴、长笛等所有其他我不擅长的破事。"

"我听过你唱歌。你唱得很好。"

"是啊，还行吧，但是我并不是最出色的。我妈妈认为只有我最擅长的事情才值得我去竞争。十岁的时候，她让我退出了选美比赛。从那时起，她就一直让我接各类广告的拍摄，一

---

① Gerber，一个知名的婴儿食品品牌。Gerber 的品牌标志以一个婴儿的面孔为特色，这个形象被称为"Gerber Baby"，是品牌的核心象征。

直到拍了'大自然的馈赠'产品的广告火了起来。"

"那你是不是挣了很多钱?嗯,你介意告诉我吗?"

"你应该说她挣了很多。我没有任何收入。他们给我们开支票时,收款方都是她的资产管理公司。"

"那些支票的面额大吗?"

"我觉得还可以。我妈妈只是抱怨说如果我有真正的特长就能挣更多的钱了。我爸爸更过分,去年他曾试图把我送进减肥营。"

"什么?"

"他说既然我唯一的竞争力就是做模特,那么我就应该保持身材,控制体重。"

我逐渐意识到金妮的父母来自"哇哦,不会吧"星球。

蚂蚁们也纷纷发表意见:"我猜你是想说'该死的王八蛋'星球吧。"

到站后,我们下了车,默不作声地慢慢走着。

"那么,总有一天你也会告诉我是谁把你的脸弄成那样的,对吗?我是说,既然我都把我的人生经历告诉你了?"

"或许下次吧。"我说。

"嘿,我们周三最后一次彩排。你想跟我们一起去吗?"

"想啊。"

"晚上十点我们在秋千那里碰面。"

"好的。"我说。她伸出手拉住我的T恤衫,最后拽了一下。这一次,她把我拉近她的脸,给了我一个吻。一个姐姐给弟弟的、柏拉图式的吻。它落在我脸颊的伤疤上。在我的脑海中，那块伤疤立刻就愈合了。回家的路上，我的嘴角一直忍不住地往上翘。

当我到家时，发现前门没有上锁，屋里一盏灯也没有开，这样我就可以在无人察觉或留意的情况下上床睡觉了。我躺在床上，想到金妮，我感到由衷的喜悦——一种夹杂着解脱的喜悦，因为她并不像在教堂里表现得那样讨厌我。

就在我翻身准备睡觉时，我意识我并不生活在这里。

金妮不能算作我的朋友，我真实的生活糟透了。

营救行动 109 号——夺取行动

我、劳拉、纳德和罗纳德——就是文着红尾巴老鹰的那个家伙——我们都身穿丛林迷彩服，手持 M16 步枪，脚踩崭新闪亮的作战靴，自在地走在小路上，就好像这里是我们的地盘。

"小心有陷阱[①]。"我说。纳德却拿"乳房（booby）"这个词开玩笑，因为就算在我的梦里，纳德也是个十足的混蛋。

劳拉举起一只手——示意我们安静。前方有人。他们沿着我们这条路走来了，于是我们躲进了灌木中。随着他们越走越近，我们听出来他们在说英语。我从头盔下方偷偷观察，看到了三个白人，其中一人是爷爷。他们身后只有一名看守——不是弗兰基——而一个叼着手卷烟的更年轻一点儿的家伙。我吹

---

① 原文"booby trap"，其中"booby"这一词在口语中有"乳房"的含义。

了声口哨，下令"夺取行动"开始。

纳德抓住了一个战俘，罗纳德抓住了另一个。爷爷见到我很开心，我一边把那个骨瘦如柴的年轻看守摔在地上，一边把爷爷推向劳拉。看守的脸被烟烫到了，咒骂着。

"快走。"我对其他人喊道。

"我不会丢下你的，林德曼。"罗纳德说。

我抬起头，劳拉点头表示赞同。而爷爷正微笑着看着她。

"真的！快走！我很快就跟上。"

看守被我压得喘不过气，在我的身下挣扎。我忘记了在梦里我的体重是现在的两倍，我的力量是现在的两倍，只要一个动作我就可以用膝盖迅速地折断他的肋骨。

他们六个人站在原地等着我。我与这个瘦削的看守对视着，他的眼神里写满了恐惧。就在那时我意识到我无法杀掉他。我甚至不想去这么做。于是，我把他翻过身来，用绳子将他的手和脚捆在一起，任凭他待在丛林的地面上。

我扶住爷爷的腰，帮助他逃跑。劳拉一直留意查看我们身后的情况，手中的M16步枪蓄势待发。罗纳德把他抓住的人扛在左肩，右手拿着步枪，昂首阔步地走在最前面，扫视着前方的每一寸土地。

我们抵达另一处停放着直升机的空地上。我们跳上了飞机，发动起飞。纳德操纵着直升机，我和劳拉坐在后排抱在一起。爷爷和其他两名战俘一起瘫坐在后排，喝着我们军用水壶里的水。一开始我看到爷爷时，犹豫着要不要和劳拉继续抱着。

随后，他冲我眨了眨眼睛。

"我知道你觉得自己属于这里，可并非如此。"他说。

"我是被派来的。"我说。

"来做什么？营救我吗？你觉得你真的能做到吗？"

我看着他和他的两个战友。我不是刚刚才救了他们吗？为什么他要问我能否做到已经做到的事呢？

随后，纳德驾驶直升机径直朝着一座郁郁葱葱的大山飞去。

他尖叫道："看到你招惹我的下场了吗，林德曼？"

******

我惊醒时正是凌晨三点。我像小时候一样坐起身，喘着粗气，轻声哭泣、呜咽。我的怀里还抱着梦里以为是劳拉的枕头。

妈妈从她的床上探起身，伸出手放在我的胳膊上，让我清醒过来。"路奇，你做噩梦了。这只是一场噩梦。继续睡吧。"

营救行动 110 号——大屠杀行动

这一次只有文身罗纳德和我。罗纳德的形象符合你所看到的任何电影中典型的疯狂士兵的角色。在梦里，每次我看向他时，他不是在大笑，就是吃着巨大的甲虫，或者同时抽三根烟、捕杀动物、喝尿或整整一加仑威士忌，或者是任何不理智的事情。毫无疑问，罗纳德是陪我一起执行"屠杀行动"的最佳人选。

因为我们一抵达战俘营,他便开枪扫射一切移动的东西,无人幸免。甚至包括爷爷。我想,"至少我们现在能确定爷爷的下落了。"

第二十四章

路奇·林德曼心里清楚很多事

我总是忍不住去想戴夫舅舅。关于戴夫舅舅的真相。戴夫舅舅,城里的花花公子。戴夫舅舅,"了解女人"的男人。呸!

我想起他曾对我说过自己高中的时候是一个霸凌者,我立刻和茱蒂产生了共鸣。没错,虽然她看起来神经兮兮的,但是她也不该遭受如此的对待。或许,我们可以成为笔友。我可以给她寄一些食谱。我可以爱她,或者可以弥补我舅舅所做的任何事。

我决定给她做一顿丰盛的午餐。我解冻了一些鸡胸肉,把它们切成汉堡包大小的薄片。接着,我拨通了茱蒂舅妈的手机。

"路奇,什么事?"

"你还是在杂货店吗?"我问。

"是呀。"

"能帮我买一大块布里干酪[①]和蔓越莓吗?"

我听得出来茱蒂舅妈在思考我的问题。

"拜托了?"

---
① 一种松软的法国奶酪。

"什么是布里干酪?"

"直接去奶酪柜台,找人问问布里奶酪在哪儿,就是一种松软的奶酪。"

"那蔓越莓呢?类似——那些新鲜的吗?"

"冷冻的就行。店里有,"我说,"就在冷冻青豆旁边。"

我想象着可怜的茱蒂舅妈推着装满廉价速冻晚餐的购物车,走在售卖高级奶酪的过道里,却因奶酪上的霉菌而反胃的场景。可是她还是成功地买到了食材。她回到家时,已经到接近吃午饭的时间了。妈妈坐在餐桌前看杂志。我准备好了三片经过完美调味、烤制的鸡胸肉,只差最后一步就可以吃午饭了。

"闻起来不错。"茱蒂说。

"这顿午饭绝对会让你惊喜的。"我说着,拎起她放在操作台上的那堆食物一个个放入冰箱。

"你有没有考虑过当一名厨师,就像你爸爸那样?"

我摇了摇头。"我在家里从来不做饭。"

"你昨晚几点回来的?"她问。

"大约午夜吧。"我继续往冰箱里摆放食物。

她看着妈妈,问:"你知道他在外面待到那么晚吗?"

妈妈点点头。

有那么一刻我又开始讨厌茱蒂了,但随后我就想起,也许她每天早上都会问戴夫同样的问题。你昨晚几点回来的?

"准备好马上吃饭了吗?"我问,手里搅打着一种非常简单的蔓越莓酱。

"给我十分钟。"然后她拿起一杯水,走进了自己的房间。

等茱蒂回来,我给她和妈妈端上了我自创的路奇幸运堡。调味后烤制过的鸡胸肉铺在罂粟籽面包卷上。鸡肉上覆盖着一层厚厚的融化的布里干酪,上面还淋着甜甜的蔓越莓奶油酱,最上面一层用新鲜的西生菜作为点缀。

茱蒂满嘴塞着食物,仰头说:"路奇,你真的应该去当厨师。"当她说"应该"的时候,一块西生菜被喷了出来。"真是太好吃了!"

妈妈点头表示赞同。我想,与此同时她内心并不希望我成为一名厨师,变成爸爸那样。蚂蚁们说:"不是所有的厨师都是乌龟厨师。"

妈妈说:"嗯,你想告诉我们你晚上都去了哪儿吗?"

"我就是去散步了。"

"然后呢?"

"然后就是这样。"

"你又在儿童游乐区睡着了吗?"

"没错。是的。"

茱蒂舅妈看了看妈妈。茱蒂说:"我们听说你和弗吉尼亚·克莱门斯一起坐了公交车。你们俩看起来好像是一对儿。"

听到"一对儿"这里,我忍不住笑出了声。我看了看周围,有点儿担心周三早上的那些怪人会从门厅的储物柜里走出来,问我更多关于排便情况的问题。

"我们才不是一对儿呢。"我说着,一想到这个词又忍不住咧嘴笑了笑。

"可你不是和她一起坐公交车来着吗?"妈妈问。

"是呀。她说她想带我看个东西,于是我们就在城里待了一个小时,然后就回来了。"

"知道吗,如果她父母知道了这件事的话,他们可能会杀了你,"茱蒂舅妈说着又补充道,"然后他们也可能会杀了她。"

"他们听上去就是混蛋。"我说。妈妈和茱蒂舅妈两人都吃着各自的路奇幸运堡,不赞成地看着我。"我们就是一起散步,走了一个小时而已。她不过是把我当弟弟。相信我,我都不知道该怎么和像金妮这样的漂亮女孩相处。"

茱蒂看上去像是要争论一下,随后却又咬了一口汉堡。妈妈咧着嘴微微笑着。

茱蒂看着妈妈,说:"你介意我问他一个比较隐私的问题吗?"

妈妈耸了耸肩。蚂蚁们说:"啊——哦。"

"路奇,"茱蒂用一副刨根问底的大人专属的表情盯着我,"你目前有过性经验吗?"

我差点儿把满满一嘴的鸡肉喷出来。我赶紧嚼了几下,咽下去,又喝了一小口水冲了冲。我不知道该怎么回答,于是问:"你是说——呃——和女孩吗?"

茱蒂不太自然地笑了笑:"嗯——啊,对。"

"天啊,没有。就像在家的时候,我会和劳拉在游泳池玩纸牌之类的,但是我从没和她接过吻——和任何人都没有过。"

"你没和女孩接过吻吗?"她用手托着下巴,就像白天电视节目里看到的那样。我猜她是不是吃了菲尔博士药丸之类的药物。

我摇了摇头,带着某种自豪的语气说:"没有。"

"为什么?"

我耸了耸肩,思考了一会儿。脸上的结痂向大脑传递强烈瘙痒的信号,向我提醒它的存在。我每动一下,结痂松动的边缘就会让我的脸发痒。

"我想他一直在忙学习的事吧。"就在我一边嚼一边思考的时候,妈妈提出了她的想法。

我说:"我只是还没遇到那个想去亲吻的女孩。"

两位女士点了点头,然后又难以置信地摇了摇头。

茱蒂说:"真希望这里的男孩们也能那样想。我听说有四分之一的初中生感染了性病。"

"呃。"

"没错。"妈妈赞同道。

"你知道吗,我就是想不通这是怎么回事。那些孩子大部分星期日都会去做礼拜,而且都来自非常好的家庭。"

"不过事情不就是这样吗?"我说,"那些父母管得最严的孩子,最后反而最叛逆?"

片刻后,茱蒂问:"你是说弗吉尼亚·克莱门斯有性经验吗?"

"不是的。"

第二十四章　199

"你确定?"

"确定。我真的确定。而且,这也不关你的事。"

妈妈怀疑地看着我。"你和这个女孩才认识一周,就知道这么隐私的事情吗?"

我微笑着说:"我是个天生的倾听者。我能说什么呢?"

我想了一会儿茱蒂刚刚所说的话,然后问:"金妮的父母对她管教得特别严厉吗?"

"他们不让她离开自己的视线——所以听说有人看到你们俩昨晚一起坐公交车的时候我才会这么震惊。"

"她不是经常坐公交车。"我说。

"是吗?"

"是的——她经常偷偷地在街区里散步,就像忍者一样。我就是这么认识她的。"

妈妈不再吃饭,而是目不转睛地看着我。我无法判断出她是觉得我很可爱,还是觉得我吃错药了什么的。茱蒂也在盯着我看。这让我很不自在,于是我趁着她们继续吃饭的时候收拾餐桌,清理厨房。

可接着我又觉得自己说得太多了,这很可怕。我回到餐桌前。

"你们不会和别人说的,对吧?"

妈妈看着我,眼神仿佛在问"和谁说"。茱蒂则摇了摇头,说:"如果克莱门斯夫人和她先生管不住自己的女儿,我又没有责任去告诉他们。"

就在那一刻，我知道她是知道的。

就是她说"克莱门斯夫人"时的语气，那种平淡的、冷漠的、空洞的语气。

我不知道这是不是她当时在教堂里发疯的原因，也不知道这是不是她每周都要去教堂的原因。她这么做是为了宣示主权吗？只是为了证明自己能做到吗？

戴夫根本就没回家吃晚饭。他打来电话说自己要加班。听到这条消息，妈妈脑海中的画面可能是他被锁链捆在绘图桌前，设计桥梁。茱蒂脑海中的画面可能是他被手铐铐在坦佩某处的床上，被某个身穿皮衣的妓女掌控。而我是真的不想再见到他了。

第二十五章

你需要知道的第十一件事

星期三我们过得平平无奇。妈妈游泳，我打着盹，茱蒂为菲尔博士欢呼。在别人家里住了十四天真的很累，尤其是每个人都认为这一切都是你的错的时候。

晚饭后，我问自己能不能出门，让我意外的是家里的两位女士都没有反对。我没有告诉她们我会很晚才回家，尽管我知道最后一次彩排要到午夜之后才能结束。我留在浴室里梳头，但刚梳完我就感觉自己又搞砸了，因为梳得太服帖的头发并不适合我。我凑到镜子前，小心翼翼地揭下结痂松软的边缘。揭完后，我发现结痂的形状变成了艾奥瓦州的版图。我往上面涂抹一点儿芦荟，但随后就洗掉了，免得它干掉的时候变成绿色。接着我穿上了一件干净的 POW/MIA 主题的 T 恤衫，出门了。

让我意想不到的是金妮竟然提前来到了儿童游乐区。她从头到脚都穿着黑色的衣服，就像忍者一样。她一边打招呼一边向我行了个军礼。

"嘿，"我说着，向她回了一个军礼，"你来得挺早的。"

"是吗？"她伸出手臂穿过我的胳膊肘，我们挽着胳膊朝秋千组合架走去。"我们约定时间了吗?"

我结结巴巴地傻笑着说:"嗯,对,你说过十点。"

"我想留出一些时间和你聊天,"她解释说,"而且我知道你肯定会提前来的。"

"啊,是啊。"我说。

"那么……你打算告诉我吗?"

"告诉你什么?"

"关于你脸上的伤疤是怎么来的,你为什么总是穿着那些可恶的T恤衫,你为什么会来这里。"

"你知道我为什么来这里。"我们各自坐在一把秋千上。

"我只知道你告诉我的事。但是我知道你没有把全部的事情都告诉我,路奇·林德曼。比如,你爸爸究竟有什么问题?他是控制狂还是怎的?"她问。

"不是的,"接着我说,"我猜。有些事情吧,除非万不得已的情况他是绝不会和我谈的。我是说——不是他人不好,只是他天生就不喜欢直面问题。"

"那这个呢?"她指了指我身上的POW/MIA主题的T恤衫。

"我爷爷从1972年起就失踪了。爸爸从没见过他,我想这也是他成为乌龟的最根本的原因。我奶奶是一名POW/MIA活动家。我几乎是她一手带大的,直到我七岁那年她得癌症去世了。我爸爸没能从其中任何一件事中走出来——无论是爷爷的失踪还是奶奶的癌症——所以,现在他无法面对工作以外的任何事,无法面对我,无法面对我妈妈——"我停了一下,"不过,我猜娶了一条鱿鱼也不是件容易的事。"

金妮笑了出来。"我的天。我忘了她是条鱿鱼了!"

她这一笑让我立刻心跳快了好几拍。我发现自己在看她,看她的长发完美地在面前垂落,随着她因咯咯发笑而颤抖的身体上下抖动。

"那么你的脸究竟是怎么回事?"她问,"我是说,你不可能只是因为被揍了一顿就要飞到三千公里外的地方,对吧?"

我叹了口气。

我听到自己开始解释伤疤的事,不过那种感觉好像灵魂出窍一样。就像是另一个孩子在解释纳德·麦克米伦是怎么从七岁那年往我脚上撒尿开始,一直在欺负我。就像是另一个孩子在解释高一这一年丹尼是怎么想让我和纳德成为朋友,结果却适得其反。

还有一个孩子在讲述高一更衣室里的香蕉事件——他们怎样按住了他,怎样有节奏的反复起哄叫喊,怎样蒙住了他的眼睛让他吞下香蕉,怎样威胁要把香蕉塞进其他部位。他是怎么呕吐的。不止一次。

还有一个孩子把每一个帮凶的脸刻脑海中,并给丹尼的脸打了马赛克,就像电视上处理嫌疑犯的镜头一样。

还有人在解释我是怎么在纳德让夏洛特在泳池里赤裸上身的时候出手相救的。还有人在解释他把我的脸当成刷子一样在灼热的水泥地面上来回摩擦,并称之为报应的。

我回到了自己的身体里。"知道吗?我觉得它就像一记警钟。"

"你在开玩笑吧?因为在我的世界里,这叫作侵犯,你他妈的应该报警。"金妮说。

"就在那一刻,留下了最奇怪的记忆,"我说,"我记得当时的气味——火辣辣的太阳照在水泥地面上的味道,池水氯气的味道。但是,我却记不起疼痛的感觉。"我没对她讲蚂蚁的事,虽然它们高声喊着:"把我们的事告诉她!"

"我跟你说,那个混蛋根本就不是你朋友。"

"是啊,我知道。"我说。

"真的,路奇。你应该和那些真正把你当朋友的人一起玩。"

我点点头。

"你的脸上可能会留疤的。"她说。

"是啊。我的脸上永远有一大片是白色的了。我知道的。你看出它现在是艾奥瓦州的形状了吗?"

她靠过来,仔细地观察。"不是吧!"

"是不是很酷?是从俄亥俄州的形状变的。"

"对了,你喜欢那个叫夏洛特的女孩吗?他是因为这个才那样对你的吗?"

"不是的。"

"那你有喜欢的人吗?在你家那边,你有女朋友吗?"

"没有。"

"真的吗?"

"我有个朋友叫劳拉,不过,我们只是,呃,一起看书、

第二十五章 205

玩纸牌什么的。我是说，这也许就是喜欢吧，不过我说不清楚。"我感觉自己紧张得说不出话，还微微地颤抖。

"怎么，你喜欢男孩吗？"

"当然不是！你喜欢女孩？"

"嘿！我有男朋友。"她说。

"你有？"

"对啊。"

"哦，我之前不知道。"我说。那一瞬间我才意识到金妮就是我唯一想要亲吻的女孩。她就是那个人。她十七岁，明艳动人，她能说出"阴道"这个词。她的男朋友可能和她一样迷人，时髦帅气。相比之下，我就是一只傻猴子。

"怎么可能？你从来没提过他。"

"怎么不可能？"

她用手指了指身上的黑色忍者服装，说："嘿！我可是和怪胎们住在一起的，你忘了吗？"

"这么说，你爸妈不希望你有个优秀的男朋友吗？"

"得等到我大学毕业吧。"

我笑出了声。"大学？到那时你也太大了吧？"

"是啊。"她说着，却没有一点儿笑容。

"哇哦。你和怪胎们一起生活，我真为你难过。"

"至少我没和一条鱿鱼还有一只乌龟住在一起。可以想象，那样也一定很不容易吧。"

"其实，也没那么糟。"我说，不管怎样，他们从未送我去过减肥营。

金妮没有说话。

"他和你在同一个学校吗?"我问,"你的男朋友?"

"没有。他已经毕业了。"

"哦,天啊。我敢说你爸妈要是知道了估计得中风。"

"你肯定想不到的。"

沉默了几秒后,我问:"我能问你一个问题吗?就是那种笨蛋小弟弟问的问题?"

"当然可以。"

"如果你的男朋友比你大的话,你是不是很难保持处子身?我的意思是——你会觉得有压力吗?"

金妮笑了起来,我觉得自己的问题很傻。"我当然不是处女,路奇。"

"你是认真的吗?"

她点点头。"是的——我像你这么大的时候就不是了。"

她见我神色尴尬,伸出一只手放在我的膝盖上捏了捏。

"嗯,我没在房间里,但是我离得不远——我们一起参加的派对。"

"我觉得听起来一点儿也不浪漫。"我一边说着,一边轻轻地拍脸上因为尴尬而刺痛的结痂。

她神色严肃地面对着我:"看着我。"我低头看着自己的鞋子。她伸出手托着我的下巴,抬起我的头,让我看着她。"看着我,路奇。"

我直视着她。

"女孩的第一次几乎从来都不浪漫。"

"真的吗?"

"当然不啦,伙计。开什么玩笑?"当她看出我没有在开玩笑时,她接着说,"想想看。假如你现在要和我发生关系。首先,在儿童游乐区能有多浪漫呢?呃,不是吗?"

"我会带你到别的地方,你懂的,有床的地方。"我说,尽管我觉得这个假设有点儿过于奇怪,我不想再聊下去了。

"然后呢?"

"然后就会很浪漫的。"我说,尝试模仿爸爸的语气——就是那种到此为止、没什么可说的语气。

"路奇,我的天啊。你是不是以前从没想过这类事情?"

我没有回答。

"花时间去真正地思考一下这件事,"她说,"然后你再告诉我什么能让你比其他的男生更浪漫呢。"她看了看手表上的时间,"到她们接我们还有五分钟的时间。你想让我教你怎么接吻吗?"

"什么?"

但是她还没来得及回答就已经在吻我了。她亲吻着我的嘴唇,我的身子向前探得过多,差点儿摔下秋千。我不得不抓住铁栏来稳定身体。这不是姐姐给弟弟的吻。她爱抚着我的后脑勺,现在,我产生了一种永远无法消失的生理反应。永远都不会消失。

她停了下来,"嗯——感觉真的像在舔烟灰缸吗?"

我说:"我会说……不是的。"

她站起来,在秋千架前踱步。当然了,我还坐在秋千上。

"看到你当时完全陷入其中的状态了吗?你连胳膊都动不了了?"我点了点头。她说得没错,我确实动不了。"这就是你第一次的样子。一种夹杂着恐惧、兴奋、嘈杂声和——嗯——欲望的狂乱的感受吧,我想。这并不浪漫。"

"可那就是浪漫。"我说。

"可那并不是你的第一次。那只是一个小小的吻而已。"

或许,在她心中如此,但对我来说,那不只是一个小小的吻。蚂蚁们说:"浪漫先生,请注意。她说得有道理。"

我仔细地想了想。"我刚刚的确像瘫痪了一样。"

"没错。你第一次的时候就会有这样的感觉。所以,别有太高的期待。尽量在整个过程中不要伤害别人。"

"伤害别人?"

"是啊,男生讨厌失控的感觉。他们讨厌被情绪所左右,讨厌丢脸的感觉。所以别把这种感觉发泄到女孩身上,好吗?"

"我不明白。"

她转过头去听驶向这边的汽车。"我在学校里认识的每一个混蛋都会在第一次发生关系后责怪女孩——因为他们觉得自己很没面子。男孩们从来没想过这对我们来说是怎样的感受。"

"好吧。我懂了。"

"说真的,你不能只想着上床这件事。否则,你就会完全沉迷于性这件事,让自己变成为了做爱而约会的强奸犯,知道

第二十五章　209

了吗?"

对此我不知道该怎么回答,于是一言未发。

"还有,别以为我们接吻了就代表了什么。"

"不会的。当然不会。"

"它没有任何意义。"

"我知道。我——"话还没说完,她就又吻了我。我回应了她。

就在那一刻,我意识到自己无可救药地爱上了金妮·克莱门斯。这种爱并非现实意义中的情感,而是一种类似我爱上某位电影明星所产生的感觉。我很高兴今晚把一切告诉了她——关于我的父母、脸上的结痂甚至还有香蕉事件。

不过,我撒了个半谎,因为我没有告诉她那个在更衣室被他们蒙住了眼睛的孩子就是我。

我没有告诉她他们拿走了我所有的衣服,把赤身裸体、浑身糊满呕吐物的我扔在更衣室的角落里,蜷缩着哭泣。

我没有告诉她有人用手机拍下了照片。

我没有告诉她,就在那天我放学回家差一点儿就用爸爸藏在卧室架子里的手枪自杀。要是枪里有子弹就好了。

因为我根本无法面对明天。

在车里时,安妮给了我一些她剩下的云狄斯[①]奶酪汉堡和

[①] 云狄斯(Wendy's)是美国第三大汉堡包快餐连锁店,由美国人戴夫·汤马士在1969年于美国俄亥俄州创办。

薯条。虽然我不饿,但是我没有拒绝。女孩们谈论着她们演出的戏剧——《阴道独白》,说的全是她们彼此间才明白的关于戏剧的内容,我完全听不懂她们在说什么。

"香(农),你在演波斯尼亚那部分时应该把气氛推得更紧张些。安妮把愉快的部分渲染得很夸张了,我们需要你更强烈和阴暗些,懂吗?"

"还有玛雅,你在演'歪辫子'这部分的时候绝对不能笑。就连微笑都不行。"

玛雅点头说:"我知道。可我就是忍不住。我太喜欢那部分了。"

"我能理解,但是你不能笑,好吗?"

玛雅说:"今天我们在亚利桑那州立大学校园里到处都贴了宣传标语,和我一个宿舍的女孩们都说要来观看。"

"我希望到时候台下能爆满,朋友,"凯伦说,"我想赚一大笔钱给危机中心①。"

"太酷了,"我说,"你们要把钱捐出去吗?"

"我们就是为了这个才排演的,"金妮说,"这部剧在世界巡演,这样人们就能以此方式筹款帮助当地社区和其他国家需要帮助的人。"

"真是了不起。"我说。我想起了强迫她去教堂的父母,他

---

① 在美国社区,危机中心(Crisis Center)通常是指为社区居民提供紧急支持和干预服务的机构。这些中心的服务范围广泛,涵盖心理健康支持、性暴力干预、自杀预防、家庭暴力援助等多个领域。

们应该为她乐于助人的所作所为感到多么自豪。我想起她无法告诉他们的原因。她就像一个心地善良的忍者,偷偷摸摸地四处游走,只为了帮助他人。

当我们抵达娱乐中心时,大门开着,一个和妈妈年纪差不多的女士正在里面翻阅一本活页笔记本。

"你们准备好大干一场了吗?"

女孩们异口同声地答:"当然!"

"这是谁?"她看着我问。

"我带来的好运。"金妮打趣说。

我轻轻挥手,介绍自己:"我叫路奇,是金妮的朋友。"

她也冲我挥了挥手:"我叫简。"

她冲金妮扬了扬眉毛,金妮耸了耸肩。

我坐在后排的座位,那里还有几个人。我看着女孩们确定脚本、协调台词、然后从头到尾表演了一遍,而我则完全被《阴道独白》所震撼。

一开场,是关于阴道的内容。我的意思是,这很明显,对吧?阴道是女孩的一部分,有很多不同的功能。月经、生育、妇科检查等,这些听上去并不好笑。在剧中,她们却把每件事都以玩笑的形式呈现,让人笑得前仰后合。

但是,接下来开始讨论性暴力。知道吗?有两个地方让我哭了。一处是两个女孩谈论她们是如何在波斯尼亚遭到了士兵的侵犯,还有一处是一个男人如何将妻子几乎家暴致死。虽然很沉重,但是非常精彩,因为这些女孩们表演让人身临其境。

在呈现完刚果的女孩和女性遭遇的可怕故事之后，是一段有关呻吟的独白。她们都用不同的方式表演愉悦。最后，她们一起吟诵滑稽的有关阴道的口号，让我们再次全程捧腹大笑。这是一场关于阴道的过山车一般的体验——一场关于现实的令人惊叹的过山车体验。

它是我那该死的无聊生活中每一天都渴望得到的现实。

第二十六章

"扑克脸行动"——高一

学年快结束时,有更多的调查问卷被塞进了我的储物柜。这时我才意识到,一定是有人又复印了一些。因为我原本的调查问卷不可能这么久还没发完。

大家的回答基本一致——服药、汽车尾气、服药、吸食过量毒品、对着头开枪、服药、自溺(对于这个方式我无法理解,看上去很难实施)。

我在社会课上取得了 102 分的成绩。在我和波特先生的这段师生关系中,他一直都把我当成一个大人看待。

一天下课后,我把调查问卷的事情告诉了他。

"我知道我不该继续收集这个数据,但这已经不是我能控制的了。"

"那些问卷你还留着吗?"

"留了一些。"

我淡化了这件事的严重性。"我是说——这些也许是恶作剧。我收到了一堆写着说要自慰致死之类的问卷。我觉得大家都没当真。"

他点点头，我立刻后悔告诉了他。如果他把这件事告诉大鱼，那我又会陷入巨大的麻烦里。

"你不会告诉别人的，对吗？"

"除非你觉得我应该这么做。"

"不。我觉得他们就是在耍我。"

一周后，带有夏洛特字迹的问卷又出现了。如果你打算自杀，你会用哪种方式结束自己的生命？她的回答是：我会上吊自杀。也许就在下周。

那天晚上我彻夜未眠。

营救行动 82 号——夏洛特的绞索

在爷爷的战俘营前，有一间胶合板搭成的小屋，有点儿像商场里的试衣间。每个隔间里都有一个绞索，就像是设置了隐私隔墙的绞刑架。我们的脖子套在绞索上，双手垫在下巴下面，所以我们不会窒息而亡。事实上，我们在聊天。

夏洛特：真不敢相信，我要结束自己的生命了。

我：你不是非死不可。如果你愿意，你可以把头从绞索里退出来，跳下去。

夏洛特：这是我自找的。

我：不，这不是你的错。

夏洛特：我把发生的一切告诉了妈妈，她转身就泄露给了我爸爸。他说我不该穿短裙。

我：他这么说真是蠢透了。

夏洛特：不过他说得也有道理。他说："你以为陪审团听到你说自己穿得像个荡妇时,他们会有不同的看法吗?"

我：这些人都是混蛋。

夏洛特：没错。

随后爷爷朝我们走来。他看了看胶合板搭成的绞刑架,爬到了隔壁的隔间,把头伸进绞索,双手垫在下巴下面,仔细地听我们谈话。

爷爷：到底是怎么回事?

我：我不知道。我想应该和我收到的调查问卷有关吧。

爷爷：你在考虑自杀吗,孩子?

我：没有。但是我觉得夏洛特在想这件事。

夏洛特：不是的。我没事。每个人都想过这些狗屁事,不是吗?

爷爷：我想过。

我：我也想过。

夏洛特：但我永远不会这么做。

我们都从各自的绞索中退出来,走下绞刑架。爷爷为夏洛特找了一把折叠椅,递给了她一杯水,然后我们绕到这间胶合板小屋的后面,把它推倒在地。爷爷把绞索收集在一起,把它们像熨烫过的衬衫一样搭在手臂上。

"你用它们来做什么呢?"我问。

"我要用它来自救。"他说着,递给我一条。

"哦,太好了,"夏洛特说,"这是最好的办法了。"

※※※※※※

在校区机构的那些破事后,我最不希望父母在我床下发现的东西就是那根绞索。所以第二天我把它装进一个塑料购物袋里带到了学校,想找机会扔掉它。我坐在校车里正在努力寻思着把它扔进哪个垃圾桶最合适,这时丹尼在我身边坐了下来,这让我很意外。因为自从香蕉事件后,丹尼一直坐在校车的后排,和平时与纳德厮混在一起的酷家伙们在一起。

"纳德不会放过你的。"

我没搭理他。

"你听到我说的话了吗?"

"你他妈怎么回事,丹尼?这也不是什么大不了的事。"

"这件事给他找麻烦了。"

"对,没错,也给我找了大麻烦。而且,如果他再不小心的话,可能会招惹更多的麻烦。我听说如果他再不收敛,那么他追着女孩做的那些事会把他送进监狱的。"

他大笑说:"这根本就不违法。女孩有咪咪的唯一原因不就是为了让我们去抓吗?"

对此你还能说什么呢?你还能对这个只会重复纳德说过的

所有话的白痴说什么呢?

我什么也没说。

那天又到了我每个月一次的教导处面谈。我竭力地克制自己才没把夏洛特填写的那些调查问卷的事告诉辅导老师。不过,我的确提到了关于性骚扰的传闻。

"它让你感到不安了吗?"辅导员问。

"我感到不安是因为大家都置之不理。"我回答。

"要我说,如果这里的每个传闻我们都去调查的话,那么我们根本没时间去做本职工作了。"

第二十七章

路奇·林德曼绝不会用那款愚蠢的洗发水

我们一行人再次挤进车里返回儿童游乐区。排练大获成功,女孩们都很兴奋。蚂蚁们组成了阴道的轮廓站在仪表盘上。

"现在唯一需要解决的事就是星期五怎么从家里溜出去演出。"金妮说。

"要我说,你就该大摇大摆地走出去,公然抗议你那古板又无聊透顶的爸妈。"玛雅说。

金妮大笑起来。正在开车的凯伦说:"留一张离家出走的字条,就说你和你那位四十岁的男朋友私奔了。"

她们都乐不可支,只有我除外。我说:"等等。你男朋友四十岁了?"

金妮在我的胳膊上拍了一下。"不是的,傻瓜。她在开玩笑呢。"

但是太迟了。我听得出来她们都发现了我的心思。我让自己的感情完全暴露在外了。

"天哪,路奇。早知道你占有欲这么强,我绝不会让你拿我练手的。"金妮说。

我感觉自己有些心碎，碎得我一句话也说不出来。

"你让他练手？"其中一人说。

"金妮，真有你的！"另一个人说。

"他是不是爱上你了？"又有人说。随着车内再次爆发出的笑声，一切都变得模糊不清，耳边只剩下自己因尴尬而怦怦作响的心跳声。蚂蚁们迈出车窗，竖起大拇指跳到了路边。甚至连结痂也想从我的脸上跳下去，离我远远的。

终于，我不再盯着外面的街道，而是面向金妮，她正在用手指绕着头发，微笑着看着我。她冲我眨了眨眼睛，送过来一个飞吻。她的秀发反射着路灯的光芒，我立刻想起了自己正在看的人是谁。是"大自然的馈赠"的广告女孩，是"纯天然"广告语的女孩。她那强大的自信会与她相伴终生，就像强大的不自信也会与我相伴终生。我看了看其他的女孩——她们也拥有那样的自信。我是唯一一个开自己玩笑都笑不出来的人。我是唯一一个无法面对真实的自己的人。我是唯一一个在伪装的人。

伪装此刻主导着我。它让我每次听到有人诚实地交谈时都会紧张得汗流浃背，让我毫无来由地害怕某人会说出真相。它让我无法应对车内的情况，哪怕这本该是件有趣的事。

金妮低下头，假装生气地噘起嘴，想要让我放松起来。接着，她突然睁大双眼，身体向前倾着。"我有主意啦！"她说，"我有主意啦！"

车内忽然安静下来，因为我们都以为她要继续说下去，但她没有。

香农问:"说呀?"

她呼吸急促地说:"我知道怎么出来了。"

"怎么出来?"其他的女孩齐声问。

金妮默默地在脑海中盘算着自己的计划。

"快点!说呀!"

"那样就没有惊喜的感觉了。"她说。

"真没意思。"凯伦说。

"是呀,真没意思,"安妮说,"那我们怎么会知道你到底做没做?我是说——无论你想出来的办法是什么。"

"哦,你们会知道的。"金妮说。

"写下来,放在车里什么的,我们就知道了。"

"不要。"

"那你告诉这个男孩怎么样?"凯伦建议道。

"你们不需要从这个男孩的口中知道我做了什么。你们肯定能看出来的。"

凯伦把车停在了儿童游乐区的空地上,我和金妮从后座下了车。

当她们开车离开后,"你晚上是怎么溜出来的?"我问,"嗯——如果你爸妈管得那么严的话?"

"我有魔法。"

"不。说真的。"

"说真的?我多亏了让他们上瘾的安眠药。到了十点他们就会睡得很沉了,我甚至可以领着开拓者高中的军乐队演奏《在百老汇》这首歌穿过他们的卧室,这样他们也不会醒的。"

"哇哦。"

"是呀,我运气还不错,"她说,"那你是怎么从疯狂的茱蒂身边逃出来的呢?"

"我也说不好。她上周之后就不去管这件事了。因为妈妈对她说了什么吧,我猜。"我停顿了一下,"没准儿她今晚带特警队一起在家里等着我呢。你永远不知道茱蒂舅妈会做出什么事。"

她点点头。

"那么你周五有什么计划?"我问。

她笑了笑,说:"哦,那真是个天才的计划。"

"你想告诉我吗?"

"你会去看演出吗?"

"我希望能去。我是说,我得问问我妈妈。那天晚上我们就要走了。"

"这样的话,我为什么要告诉你呢?"

我们沉默地走了一分钟。我派蚂蚁们去执行一个特别任务,让它们进入她的大脑,按下"脱口而出"这个按钮。

"我要剃掉头发。"她说。

我大声地倒抽了一口冷气。"不!"

她停下脚步,瞪着我。"你说不,是什么意思?"

"你不能这么做!"

"为什么不能？"她的声音大到让我很不自在。现在都半夜一点了，而且我们离一户人家也就一米多远。

"因为你不能。它们——它们……"

"它们怎么了？太美了？"

"没错！"

"太重要了？"她问。

"没错！"

"是吗？它们真的有那么重要吗？不过就是该死的头发而已！"

我只好点点头，试着想象金妮没有头发的样子。一个没有头发的忍者。唱诗班里没有摇曳的长发。

她摊开双手。"难道你什么都没学到吗？有的女性在地狱中挣扎，而你关心的却是我的头发？我不是我的头发！"

"但是你挣的那些钱呢？"我试图挽回些面子说，"你可以把它捐给相关的公益组织之类的，对吧？"我四处寻找着蚂蚁。它们当然想要告诉我这话说得多么愚蠢。

"我和你说过我没拿到过钱。不管怎样——你没抓住这件事的重点，"她淡淡地说，"你忘了，最重要的是，这样会让我爸妈气得发疯。这才是我获得自由所需要做的事。他们通过头发来控制我。他们把我限制在那块广告牌里，好像我根本没有其他的潜力。"她解释说，"我以为你能理解的，知道吗？在经历了和一条鱿鱼、一只乌龟纠缠的生活之后，经历了一直被某个没脑子的大猩猩霸凌后，你懂得自由的意义，对吗？"

我偷偷地看着金妮,在脑海中描绘出她没有头发的样子。她还是那么美。她的翘鼻子还是小巧玲珑点缀着雀斑。她那双大眼睛还是绿得醒目。她还是那么光彩耀人。她还是那么聪明。她只是没有那么长的头发而已。

"你说得没错,"我说,"我觉得你完全正确。"

"是吗?"

"我真是这么认为的。"

"为什么?"

"因为你的头发不能定义你。你很了不起,金妮。你是一个百分百了不起的人。"她低下头去看自己的双脚。我握住了她的手。"世界应该为你的存在而付给你报酬的。"

她笑出了声。

"没开玩笑。像你这样的人就应该掌控一切。你应该受到膜拜。"

"嗯,知道吗?我的确受到了某种膜拜,就是广告牌之类的。"她开玩笑说。

"的确如此。"

我们又走了一分钟,她伸出胳膊握住了我的手。"你听过那种广告吗?就是模特在里面说着'我值得拥有'的那种?"

"听过。"

"录音的那天"——她的声音有些颤抖——"我得一遍又一遍地重复着,直到他们录了足够多的磁带。我值得拥有。我值得拥有。我值得拥有。我觉得自己在出卖灵魂,你懂吗?就因为我刚好有一头漂亮的头发,我就过上好日子并且备受宠爱,而这世界上到处都有人在受苦。"

"可是——"我试着说点儿什么,但是她却哭了起来,伸出一只手让我不要说下去。

"你知道那些广告牌上的我吗?给洗发水拍广告的我?杂志上的我?这样的我没有灵魂。"

"别这么说。那样的你是有灵魂的。"我说。

"也许有吧,却受控于别人,我再也看不见它的存在了。"

"它是存在的。"

"但它肮脏不堪。他们毁了它。"

我阻止她继续说下去,搂住了她的双肩。"听我说。他们也许会控制你的所作所为,但未经你的允许,没人能尿在你的灵魂上。"

她点了点头,仿佛完全领会了我的话,然后擦了擦眼泪,补充说:"而且,我甚至根本都不用那该死的洗发水。"

我觉得这句话完美地诠释了我对于这世间万物的感受。我甚至根本都不用那该死的洗发水。

一直以来,我不停地追寻一个被人们认为不配回家而遭到遗弃的老人。一直以来,我都和一个认为自己不值得拥有父亲的男人,还有一个认为自己在生活中不值得拥有话语权的女人生活在一起。这一切都涓滴而下,降临到我身上。

一直以来,我都在被纳德·麦克米伦任意摆布,因为我觉得自己不值得被更好地对待。因为我曾以为有人会站出来阻止这一切。但是这种情况永远不会发生，因为那些本可以阻止的人都在用那该死的洗发水。

我拥抱着金妮。

我又找回了那种感觉——那种爱恋的感觉——不过这次更加强烈，她还在小声哭着。

"就我而言，"她说，"我受够了做这种无聊的封面女郎了。"

"没错。"我说。

"从周五开始，我的人生是我自己的，而不是当权者的。"她说。随后，她又吻了我。我发誓我看到了星星。或者是蚂蚁们穿成了星星的样子，或者是某种我所无法拥有的能代表爱情的视觉形象。

我露出了有生以来最傻气的笑容。

"知道吗，路奇，你笑的时候真可爱。"

"是啊，我知道。"

蚂蚁们也都傻笑着点着头，这让我再次露出了笑容。

"我觉得你以后应该多笑笑。"

"谢谢你，我会的。"我几乎发不出"会"这个音，因为脸上的笑容绷得太紧了。

我们走到了需要分开的地方。她说："演出周五七点开始。如果你感兴趣的话，我可以带你溜进后台看看。"

"我希望能赶过去。"我说。

"至少你应该来道个别。"她补充说，然后戴上了兜帽，消失在坦佩的后院里。

我朝茱蒂和戴夫的房子走去，脸上依然带着微笑。门没锁，也没有人在等我，于是我随手锁上了房门，轻手轻脚地走进了客房。我钻进被窝里，想着《阴道独白》的演出，再次感受到了那种过山车一般的现实。我思考着自己要面对的一切的现实。两天后我就要飞回宾夕法尼亚州了。那里有我的爸爸，有纳德·麦克米伦。难以置信的是，我脸上的笑容并未因此消失。

营救行动111号——香蕉

纳德·麦克米伦坐在角落里呜咽。他几乎失去了理智，前后摇晃着身体。不错，我很满意。

小茅屋里堆满了香蕉。堆成了小山。爷爷的看守——弗兰基——坐在一张桌子前和他的两名年轻的看守朋友一边抽雪茄一边打扑克。每次弗兰基输了，那两名年轻的看守就可以对纳德·麦克米伦为所欲为。不过弗兰基的牌技太烂了，他每局都会输。

外面又下起了青蛙雨。一只只肥硕的、活力四射的青蛙以极快的速度重重地砸在棚屋的茅草屋顶上。如果雨势不减的话，我敢说不到一个小时茅屋就会塌掉的。我确信我们很快就会被青蛙淹没到齐腰的深度的。

"路奇。"纳德小声叫唤着。

我没有理会他。

"路奇。"他再次小声地唤道，这次说完后就开始抽泣起来。

我朝他看去。他向我做出"帮我"的口型。我移开了目光。我对他恨之入骨。这我知道。所以没有什么不安的感觉。

我指着脸上的结痂。在这块结痂出现前，香蕉事件并没有在我身上留下任何的伤疤。唯一的伤疤在我的脑海里。现在，我拥有了可以指出的证据。我拥有了可以用来拍照的证据。心理学家们可以把这些照片摆成一排，然后说："路奇·林德曼在脸颊遭受重创留下了俄亥俄州/西弗吉尼亚州/密歇根州/艾奥瓦州版图形状的伤疤后精神失常了。"我指着脸上的结痂，但事实上纳德知道我指的是什么。那道伤疤永远都不会愈合的。那道形似佛罗里达州或加利福尼亚州[①]版图的伤疤。我的香蕉形的伤疤。

我对他做出了"去死吧"的口型。

蚂蚁们排成一路纵队朝他的脸上行进，接着在他油腻的额头上直接拼出了"去死吧"这几个字。

爷爷坐在他的垫子上陷入沉思。

他说："路奇，你得生活在当下。"

"但我不可能忘记。"

"我不是要你忘记它，永远不要忘记它。但不要活在那个回忆里。活在这里，活在当下。去展望你的未来。"

"我的未来就是再忍受纳德·麦克米伦三年。"

"没错，但是从现在开始由你来掌控。"

弗兰基输掉了这盘牌局，到了折磨战俘的时间了。年轻的

---

① 这两个州的版图都与香蕉类似。

看守们指着爷爷,弗兰基则指着纳德。"年轻人!"他说,"勇敢点儿!"

可他们想要折磨的人是爷爷。

我扭过头去。爷爷几乎一声不吭。折磨结束后,他高兴地吃起了香蕉。

纳德·麦克米伦尖叫起来。茅屋被青蛙淹没了。门被强行打开,它们冲了进来,开始淹死我们。

我和爷爷迅速地从窗户跳了出去,落在了青蛙的急流上,不用船就可以顺着水漂流。一分钟后,我们就漂到了泥泞的岸边。他的双腿一片狼藉,骨头断裂、血块淤积,还有黄色的脂肪和其他五颜六色的筋腱组织。而我的双腿则莫名其妙地完好无损——甚至没有一块擦伤。

"你是怎么活到现在的?"我问。

"我的时间还没到吧,我猜。"

"不。我是说你是怎么熬过来的?"

"我就是要活下来,"他说,"当他们折磨我的时候,他们展示出了自己的软弱。当我活下来,我向他们展示出了我的强大。"

"我的人生是我自己的,"我说,"而不是当权者的。"

"千真万确,"他一边说着一边重新调整胫骨的角度,使其与腿部的其他骨骼对齐。"你变得更强大了。"他弯曲了几次膝盖,确保已经完全固定好了。"我能问你一个问题吗?"

"当然。"

第二十七章　229

"你为什么一直来这里呢?"

我不懂他为什么会这么问。他执意要问,这让我很生气。

"你知道的。"我回答说。

"不管怎样,还是跟我说说吧。"

我叹了口气。"我来这里是为了把你救出去,把你带回家。"

"为什么?"

"天啊!因为你不该在这里!你不该在这里!"我说,"而且是奶奶吩咐我去做的。因为我们需要你。"

"这么说你是被派来的。这就是你来的原因?"

"没错。"

"那么,如果我让你走开?告诉你别再回来了呢?"

"我不会那么做的,"我回答说,"我来这里的理由和你一样充分。"

"孩子,你真的相信你能通过那些梦让我彻底离开这里吗?"

我不知道该怎么回答。他拍了拍我的肩膀。接着,他递给我一片口香糖,是他从耳朵里掏出来的,就像魔术师摆弄二十五美分硬币那样。他又从另一只耳朵里掏出一片口香糖,拆开包装,放进了嘴里。

"帮我想想,好吗?"他说。

******

当我醒过来时,脸上依然带着金妮说可爱的那种傻傻的笑，手里正拿着那片口香糖，按照他说的那样去思考。但是，我真的不知道该思考什么？他在让我放弃我的人生使命吗？还是说他在告诉我这个根本就不是我的人生使命？

第二十八章

你需要知道的第十二件事——黄铁矿看起来很像黄金

妈妈、茱蒂和我在车里待了半个小时。茱蒂的车速太慢了，而且只要后面的车离得很近，她就会情绪崩溃。

"离我的车尾远一些！"她说，"啊！你想玩是吗？我还可以开得更慢！"

妈妈坐在副驾驶，看着窗外的沙丘缓缓地向后爬过，估计这会儿正想着回家后要在泳池游上几个来回。我横躺在后座，以防后面的人因为茱蒂疯狂暴躁的开车方式而冲她开枪。你永远都说不准。

我们驶入一座古老的金矿城的泥土停车场，如今这里已经成为一个旅游景点。茱蒂说："我们到啦！"

接下来的一个小时里，我们三个人便在这里四处闲逛，尽管室外的温度已经超过了37摄氏度。我满头大汗地站在小镇监狱的栏杆后面，茱蒂给我拍照留念。我们坐下来和小镇的治安官交谈了一会儿，他完全注意到了我的结痂是艾奥瓦州地图的形状。在他身后，几名穿着戏服的妓女在玩纸牌。我们在酒馆里点了一瓶根汁汽水[1]，等待着每小时一次的枪战表演开始。虽然表演剧情老套，但它确实让我想到了1890年时这里的样子。

"真是难以置信。"妈妈感叹说。

"是啊，"我回应说，"当时的世道竟然是那样的，想想真是太疯狂了。"当然，现在也没有太大的改变。我是说，现在的枪战可能比那时还要多呢。

枪战表演结束后，我们在募捐帽里放了几美元，然后朝妓院走去。我们站在外面，而那些假扮成妓女的工作人员邀请我们进去参观。我们没去，而是走进了旁边的铁匠铺。抵达了小镇的顶端时，茱蒂走进了一间白色的小教堂，我和妈妈则坐下来，一起喝着一瓶水。

"你还好吗，妈妈？"

"当然。"

"不，我是说，我们要回去了，你真的还好吗？"

她点点头说："我都等不及见你的爸爸了。我很想他。"

"那不错。"我说。我想不出有什么可想念的，不过那是他们之间的事。

"我希望你明白，我这么做是为了我自己，其实和你没有任何关系，"她说，"我是说，它的确和你有关，但这并不是你的错。"

"我知道。"我说着，看到蚂蚁们手里拿着小手枪，在我们

---

[1] 根汁汽水是一种含二氧化碳和糖的无酒精饮料，盛行于北美。

脚边的泥土上玩模拟枪战的游戏。有时候，我真羡慕它们能玩得那么开心。

"这些年来……"她开始小声地哭了起来，"我本想给校长或者教育局长打电话来着。就是有一次，你的乳头因为那个玩笑而被弄伤的时候——"

"乳头旋风。"

"没错。"她摇了摇头，咬着下嘴唇。"就是那个时候，我本想报警来着，我气疯了。"

"我听到你们的争吵了。"我说。

"他并不是想要你受苦。他只是对此不知所措，所以他就觉得没有解决的办法。"

我点点头。

"我是说，我们试过了！还记得我们让他被停学那次吗？"

"铅笔那件事。"我说。四年级的时候，纳德用铅笔捅破了我的胳膊。停学回来后，他狠狠地打了我的耳朵，打得我整整一个星期都听不清声音。他爸爸威胁校区，说如果纳德再遭到"不公正的停学"，他就会起诉。

"于是你爸爸就想出了这个计划，以为自己是个天才。"

太阳把我们烤成了人形葡萄干。如果茱蒂舅妈不快点儿出来，我们就要被晒成两堆灰烬了。

"他告诉我，这个叫反向心理学。或许，如果我们对此保持沉默，他们就会放过他了。我上当了，因为我厌倦了和他争吵。"她看着我，太阳直射在她的脸上，让她看起来更苍老了，

234　每个人都看见蚂蚁

"但是看看你都失去了什么,就因为我懒得和一个愚蠢的男人争论他愚蠢的想法。"

"没关系的,妈妈。"

"有关系。我是你的妈妈。"

"是啊,但我很久以前就不和你们聊这类事了。我不再和任何人讲了,"我说,"不管怎样,我们现在都来这里了。"

她看了看手表上的时间,然后朝着小教堂望过去。"没错,我们来了。至于为什么,我也不知道。也许这可能是我带你来的最糟糕的地方吧。"

"其实不是的。我感觉好多了。"

"真的吗?"

"真的。戴夫教了我很多。而且认识了茱蒂后我才发现自己的生活有多么正常。我是说,就算爸爸会气冲冲地离开家,给我们的关注还不如对猪排的多。"

我们看着茱蒂一摇一摆地从小教堂的门口走了出来。我又说:"知道吗?我还挺喜欢她的。她身上有某种救赎的品质。"

妈妈咯咯地笑了起来,说:"是呀。她身上确实有某种品质,说不好是什么。"

如果时间允许,我可以在这里把戴夫出轨的事情告诉她,但是我没有这么做。我不想破坏她和自己唯一的同辈亲人的关系,也不想把事情搞得比现在更糟。

茱蒂回到这里时对我们说:"你们俩准备好淘金了吗?"我们走到下面的淘金小屋,三个人买了一盘泥土来淘筛出金子。

第二十八章 235

那位女士给了我们放金子的小瓶子和几只镊子。妈妈淘得最多。茱蒂说她这次只想淘出石榴石，因为她来的次数太多了，金子对于她来说已经没有新鲜感了。不出所料，我得到了满满一瓶的黄铁矿——愚人金。如果是在上周，我会觉得自己被愚弄了。可今天我却笑出了声。它让我想起了昨晚爷爷对我说的那句话。也许，我看待事情的方式完全错了。事实是，黄铁矿看起来的确很像黄金，而我也不会是世界上有史以来第一个把它们弄混的人。

我们到家时，已经是下午三点了。我看着妈妈一圈又一圈地游泳。她说她再也受不了短的游泳池了："这让我感觉自己是一只被关在鸟笼里的秃鹰。"我告诉她我要去散步。听起来简直疯了一样，因为现在外面的温度至少有一亿度。但是，我看到金妮和几个女孩经过茱蒂家房子后面的那片公共区域。

我从后院穿了过去，当我追上她时，她正和三个正常打扮的女孩站在人行路上聊天（她们都有着一头又长又直的头发，被梳理得恰到好处，身上穿着被熨得平平整整的学院风裙子）。看到我后，她找了个借口朝我走了过来。

"你还在笑呢。"她说。

"情不自禁。"

"你明天能来吗？"

"我觉得可以，"我说，"你还打算……？"我指着自己的头发，扬了扬眉毛，暗示着没说出口的那半句：剃掉头发？

她正要开口,这时传来了一声响亮的口哨。她朝自己家的房子看去。在她转过身的时候,头发摇曳着就像一条飘荡的大裙摆。我会很想念它的。

"糟了。是我妈妈。"

"她是在叫你还是在叫狗?"

我转过头去,看到一位女士站在整个街区最漂亮的房子的门廊里。她一只手叉着腰,另一只手放在嘴里,随时准备再次吹响口哨。她紧紧地盯着我,好像要看穿我,然后疯狂地指着自己的手表。

我还没来得及说什么,金妮就离开了。她朝家的方向跑去,路过她的朋友身边时,停下来和她们道别。我亲眼看着她完全变成了另一个人。就算看着她的背影,我也能感觉出那个人永远不会和路奇·林德曼说话,更别提亲吻他。

我们一直等到六点半,戴夫也没来。茱蒂试着给他的手机打电话,但是他没有接。于是,我们没等他就出发前往他们最喜欢的餐厅。

在我们吃着餐前面包时,他终于打来了电话,说他来不了了。

"他有个临时会议。"茱蒂说。

妈妈看起来很失望。没等茱蒂开口,她便说:"来之前我真应该做好计划的,这样我们就不会在他这么忙的时候来打扰了。"

茱蒂和我盯着各自的盘子,沉默不语。

我大快朵颐,甚至吃了甜点——店里自制的草莓芝士蛋糕。回到家后,妈妈开始洗衣服,而我直接上床睡觉。因为我等不及马上就到星期五。因为星期五是我们离开的日子。因为星期五是我最后一次见到金妮的日子。我不知道哪个更让我期待。

第二十九章

路奇·林德曼于星期五抵达

一觉醒来，妈妈正把洗好的衣服堆在床垫上。她已经拆下了自己的床单，并向茱蒂借来了洗衣篮子。我猜她是打算等我的床单也放进去之后，再把篮子带到洗衣房去，一起帮朱蒂洗好。她把衣服按摞叠放，每一摞之间刚好相隔十厘米。每一件衣服都叠得整整齐齐，就像百货公司的陈列柜。我又睡了过去。

淋浴的声音停了，几分钟后，妈妈裹着浴巾走出了浴室。

"路奇，起床了，我得换下你的床单。"

"好的。"虽然嘴上这么说，但我还是想继续睡觉。

"起床了。"妈妈说着，抬起胳膊示意我。

于是我起床洗了个澡，等我出来时，看到我的床单已经被换了下来，我的衣服被整齐地叠放在床垫上，好像是要拿去到杰西彭尼[1]去出售一样。是杰西彭尼的 POW/MIA 部门，在那里我们的英雄永远不会被遗忘。

我梳了梳头发，站在镜子前查看脸上的结痂。边缘的干燥

---

[1] 杰西彭尼（J.C. Penney）是一家美国的连锁百货公司，成立于1902年，由詹姆斯·卡什·彭尼（James Cash Penney）创立。

部分已经剥落，现在的形状由艾奥瓦州的版图变成了宾夕法尼亚州——一个近乎完美的矩形，东部的边缘参差不齐，一道山脉贯穿中部。我觉得它很适合我们飞回家的这一天。

趁着妈妈在茱蒂的游泳池里游完最后几圈时，我试着去找金妮。我先后路过她家房前两次。一次由西向东，一次由东向西。但好像没人在家，于是我来到了空荡荡的儿童游乐区，在阴凉处坐了一会儿，心里想着明天我就回家了。光是想到这点，我就差点儿觉得自己所有在亚利桑那州所建立起来的自信开始崩塌，好像地点的影响远比我想象的更严重。

我记得上一个让我感到愉快的地方是奶奶生病前的房子。从一年级开始，在学校里我就是一个紧张兮兮的胆小鬼；在游泳池我倒感觉不错，直到两年前纳德开始在那里兼职为止。现在我讨厌那里。而家对于我来说，出于各种各样的原因，简直是个灾难。

我想象着过去三周爸爸独自一人的样子——升旗，开车上班，开车回家，降旗。有时，一想到这些场景就会让我有想哭的冲动。所有相关的一切。这些年来，我一直能去看望爷爷，但他却不能。每个晚上，当他折叠起那面 POW/MIA 旗帜的时候，他折叠的其实是他的父亲。那是他唯一所拥有的，一直以来唯一拥有的。

中午晚些时候，我坐在餐桌前吃午饭，这时我听见戴夫舅舅把车停到了停车道。蚂蚁们说："嘿！看看，谁来了！"

戴夫走进来说:"真高兴能赶上见你一面!还以为你们已经离开了。"

"我们的航班还早着呢,是红眼航班①。"

"我妹妹做任何事都赶早不赶晚,"他说,"而且,我还以为你出去和你那些神秘的朋友们道别了。"

"我没去。"

他歪着头问:"你怎么了?"

"没什么。"

他能感觉到我对于他的厌恶。我故意表现出来的。

"抱歉,我昨晚没能赶到。这周办公室简直忙得要命。"

"确实是。"我说。

他耸了耸肩,然后走回到车库的门口:"想不想出发前再举几次杠铃?"

"不了。我洗过澡了。"

他站原地看着我,我迎上他的目光。我们四目相对。他对我知道了他背叛茱蒂舅妈并且让她变得不幸这件事全然不知。我内心的一部分想让他清楚我已经知道了,另一部分想叫他要么拿出点儿实际行动来,要么就别在这儿磨蹭了。蚂蚁们想让我把二十磅重的东西砸在他那玩意儿上。

"好吧,"他说,"那我出去举重了。"

就在他要打开车库门的那一刻,我说:"我知道你说自己加班的时候,其实并不总是在工作。"

---

① 红眼航班是航空公司安排的夜间定期航班,一般在深夜至凌晨时段运行。

他停下来，转过身看着我。

"我知道。"我重复着。

他的表情看上去既像是被揭穿了，又像是受到了伤害。我没再说一个字，于是他打开门，走进了车库，又随手带上了门。

我在水池边洗盘子的时候，妈妈和茱蒂走了进来，一边用毛巾擦着身上的水，一边讨论着卡路里。显然，茱蒂认为计算卡路里是一件不可思议的事。

"但是我得弄清楚，如果我每天摄入的热量少于一千五百卡路里，并且坚持锻炼，那么我就会变瘦吗？"

妈妈点点头。"对，就是这样。"

"为什么学校没教我们这些呢？"她用沙滩巾裹住自己的下半身，套上了一件超大号的T恤衫。

"我觉得学校教了，"妈妈说，"不过当时一定很无聊，你可能忘记了。"

"是啊，唉，那个时候我可是想吃什么就吃什么，都不会长胖一斤。"

"而且还有——"妈妈刚要开口，但就在这时，前门传来一阵敲门声，紧接着门铃被一连按响了四次。

茱蒂吓了一跳。我们都吓了一跳，因为有叫喊声和哭泣的声音传来——是金妮。茱蒂舅妈打开门的瞬间，金妮便跌进了屋里，哭得缩成了一团。她双手捂住脸——头上几乎没有头发。我做了下意识能做的第一件事——我抱住了她。

我们跌跌撞撞地坐到最近的一张双人沙发里，她继续趴在我的胸口哭着。

我同茱蒂和妈妈对视了一眼，她们俩都耸了耸肩。终于，茱蒂抓起一盒纸抽，在金妮另一边的沙发椅上坐了下来。我递给金妮一张纸巾，她擦了擦脸上的泪水，然后看着我。我这才看到她的其中一只眼睛周围有一大片紫红色的淤血——正在酝酿中的黑眼圈。

"你的头发怎么了？"茱蒂问，因为她还没有看见金妮的眼睛。金妮又把头埋在我的肩膀，哭了起来。

我一时间说不出话来。想象一下这个场景：一个剃着一寸长平头的女孩，白色的头皮从金色的发间露出。她的一只眼睛周围形成了一个新泽西州版图形状的伤痕，红紫色从边缘开始蔓延，她的脸因悲伤而肿胀。她是我这辈子见过的最美的女孩。她穿着一件宽大的运动裤和T恤衫。她身上闻起来有咸咸的味道。

金妮继续在我的怀里痛哭，茱蒂把手放在她的后背上绕着圈抚摸着。"弗吉尼亚，发生了什么？"

接着，金妮抬起头朝她看过去。茱蒂看到了她的眼睛，一时语塞。

我忍不住问她："谁干的？"

她用食指轻轻摸了摸脸上肿起的地方。

"谁干的？"茱蒂问。

金妮看着我，伸手摸了摸我的结痂。我能看出她在寻找答案。但是，她再次放声大哭。茱蒂摩挲着她的后背，露出了关切的神色。是不同于两周前的那场审问的神情，而是一种发自肺腑的担忧，好像她把金妮想象成了自己的女儿去关心一样。

我听到车库里的广播停止了，也就是说戴夫已经完成了训练，正在整理休息。妈妈还站在原地，门铃响起后她就没动过。金妮深深地吸了一口气，努力平复着自己的情绪。

"你需要我打电话给凯伦或香农或任何其他人吗？"我问。她抽出一张纸巾，擤了擤鼻子，擦了擦脸上的泪水。

她点点头算是回答了我的问题。茱蒂扬起眉毛看着我，似乎在寻求指示。

"他们到底有什么可怕的理由要剪掉你的头发？"茱蒂问。

"我自己剪的，"金妮说。

茱蒂打断她说："但是，亲爱的，我——"

"我受够了人们只关注我的头发，"她说，"一直以来我身上值得关注的只有头发！"

我点点头。

"我认为这种感觉真的很好。"金妮说着，伸手抚摸着自己剃的寸头。

我也摸了摸，做出了像是在说"相当不错"的表情。

我感觉茱蒂越来越焦急。

"我妈妈气坏了，"金妮说，"她说我的事业完蛋了，我的未来完蛋了，我的生活毁了。她告诉我，她和爸爸要考虑送我去寄宿学校之类的地方。"

茱蒂又看向了金妮的眼睛，问："那么——是谁？"

"是她,"金妮说,"我当时不知所措。她之前从没这样过。"茱蒂点点头。

"她一直不停地打我,一直打,"金妮说,"她闭着眼睛,我想,她可能以为打的是我的胳膊。她当时也哭了。"她看了看自己的胳膊,上面也有紫红色的伤痕。

"因为你的头发?"妈妈竭力使自己的语气听上去是在批判。

金妮点点头,小声抽泣起来。她的下嘴唇向下垂去,再一次用双手捂住了脸。

妈妈把手中的浴巾围在肚子上,在我们对面的双人沙发上坐了下来。"恕我直言,打孩子是违法的。我不管她有多生气,但是她的所作所为就是错的。大错特错。"

金妮哭着点头。她受到了惊吓。我看出了这些症状(我几乎都能亲眼看到她的那些跳着舞的蚂蚁了)。她甚至无法正常地思考去反抗像她妈妈这样的大人物。

就在这时,戴夫走了进来。

一阵微风吹过,门突然被"砰"的一声重重地关上了。我们都停下来,一动不动地看着他。

"怎么啦?"他问。

茱蒂和妈妈站起身,挪到适当的位置,像护盾一样挡住了我们。戴夫想看清是谁和我坐在双人沙发上,于是金妮把脸藏在我的胸口,只露出了她刚剃的寸头。我不知道妈妈和茱蒂究竟用了什么办法让他回到车库门口的,但不管是什么,都刚好

第二十九章 245

分散了他们的注意力,时间也足够长。

之后,金妮就抓着我的衣袖来到了门外,拼尽全力跑过她当忍者时常穿梭的那些小径,路过所有熟悉的院墙、篱笆和熟悉的狗,只不过是在白天。然而我们却依然如隐身了一般。没有人冲我们大喊:"嘿,你们两个讨人厌的孩子!快滚出我的草坪!"没有狗跑过来追我们——甚至都没冲我们叫。我们飞了起来。

我们来到了儿童游乐区。金妮带我来到了工具房,在混凝土地面的一角坐了下来。她的手在不停地抖动着。我坐在她身边,一言不发。

一切发生得太快,让人一时间难以消化。甚至,我都不知道现在几点了。我只知道自己比金妮要幸福得多。我是说,虽然她住着大房子,家境优越。她做了很酷的事,她的脸被贴在广告牌上,很多很多的广告牌。但即便有那些酷酷的朋友,即便排演了《阴道独白》这样的戏剧,她晚上还是要回到那个家里,被那些想让她成为另一个人的人所控制。现在看来,有个经常缺席的乌龟爸爸倒是挺有吸引力的。我希望她也有一个鱿鱼一样的妈妈。

不过这些话我一句也没有对她说。我就坐在那里,用小树枝划着地上的土。金妮也没有说话。她伸出手摸了摸眼睛周围,我也很想去感受一下。于是,当她把手从脸上拿开后,我把她转过来面向我,我感受新泽西州的边缘。我亲吻了霍博肯和大西洋城。我亲吻了纽瓦克和特伦顿。我亲吻了坎登,然后沿着公路一路向西，跨过沃尔特·惠特曼①大桥，进入宾夕法尼亚州。我亲吻了家的位置。

"该死的！我要杀了她！"凯伦大喊着，像疯子一样开车行驶在最中间的自杀车道②上，试图超过前面一辆载着两个老人的凯迪拉克汽车。玛雅一直在放声大哭。安妮沉默不语。

"我觉得你应该报警把她抓起来，"香农说，"给她个教训！"

我握着金妮的手，用我的拇指摩挲着她的。我现在已经从震惊的应激状态中回过神来，恢复了理智。"我们需要冰块，"我说，"还有布洛芬。我们有时间顺便去一趟药店吗？"

十分钟后，我小跑穿过CVS药店③的停车场，金妮的眼睛上敷着满满一包麦当劳的冰块，我们驱车前往下一个城镇。显然，剧院就在那里。我意识到如果我再不让妈妈知道我没事，而且告诉她我们还能赶上航班的话，她会急疯的。于是我用卡伦的手机给她打了电话。

"什么剧目？"当我告诉妈妈我要去看戏剧的时候，她问。

我的大脑一时间无法运转，直到我记起来妈妈也有阴道，她应该不会介意我说那个词。"《阴道独白》。"我说。

---

① 一座横跨在特拉华河上的巨大的钢铁悬索吊桥，形状很像旧金山的金门大桥，全长近4000米，是宾夕法尼亚和新泽西之间的州际大桥，离桥不远的新泽西州肯登镇是诗人惠特曼生活了十九年并终老的地方，那里有他的故居和墓地。

② "suicide lane"指的是道路中间的油漆白线，允许车辆在此处转弯，但由于需要穿过几条车道，这种转弯方式被形象地称为"自杀车道"。

③ 美国最大的药品零售商店。

几秒钟的沉默后,她问:"在哪儿表演?"

"我们要去哪儿?"我向金妮问。

"你在给你妈妈打电话吗?"

"对。"

"不能说。"

我用手捂住电话,想说点儿什么,却不知道该说什么。毕竟这是她们的演出,为此她们已经准备了好几个月了。就算我信任妈妈,但我知道就目前的情况而言,大人是不可信的。我不能因为自己是个妈妈的乖宝宝,就擅自闯入毁掉这一切。

"对不起。我不能说。"

她嘱咐我十点前回家,然后就挂断了电话。

当剧院的门在六点半打开时,金妮眼周新泽西州形状的肿胀消了很多。凯伦已经用她的 iPhone 拍了几张照片,"用来做证。"她说。金妮把活页夹放在面前,用粉色荧光笔标出的台词,在空白处做着笔记。简正在和负责控制聚光灯的女孩交谈,并确认舞台上的椅子都摆放在各自用胶带标记出来的位置上。人们开始陆陆续续地走进剧场,房间里弥漫着低低的交谈声。

我漫步走上楼座去观察来往的人群。有些人在简今天上午挂起的晾衣绳前面驻足。晾衣绳上挂着一系列各类衣物,衣物上写着过去和现在的参演人员想要传达的信息。十分钟后,我也走下楼去阅读起来。一件衬衫上写着:"女性力量!"还有一件写着:"每一个成功男人的背后都有一个把他生出来的伟大女人。"儿童泳衣上面用马克笔写的是:"我想成为奥运会的游泳健将，结果，我成了瘾君子。"沿着一条西裤的裆部有这样一句话："他仍在执教。也许就是你女儿的教练。"我感觉胃里翻腾起来。

我的注意力被更令人心绪高涨的内衣所吸引。一共有三件。其中一件上面是："你会取悦我吗？"另一件："我不需要理由来穿这个。"最后一件内衣的宽度和长度是一样的，上面写着："我是完美的。"很适合茱蒂舅妈。

周围的人越聚越多，我觉得身为男性的自己现在有点儿怪怪的，于是我蹑手蹑脚地走上楼梯回到楼座。在楼梯的边缘，我看到晾衣绳上挂着的最后一件物品。是一把梳子，背面写的是："我值得拥有更多。"

剧院里座无虚席。灯光暗了下来，女孩们走向了舞台。没有服装、道具或任何东西，只有椅子。聚光灯和黑暗的舞台使得一切看起来非常专业。女孩们完美地呈现了每一句台词。她们吟诵着滑稽的阴道赞美诗，讲述着关于阴道的残酷现实。我抱着膝盖坐在最上面一层的台阶上，时不时地扯着POW/MIA主题T恤衫的袖子擦眼泪。这种感觉有点儿像见到大峡谷时一样——如果非要去形容的话，我找不出合适的词汇。

演出结束时，我和其他的观众一起站起来鼓掌，一直鼓得双手酸痛。每个女孩都浅浅地鞠了一躬。凯伦伸出一只手在金妮的寸头上揉了揉，而金妮则把手放在眼睛上，用手指去检查青肿的眼周。蚂蚁们朝姑娘们的脚下抛去了一朵朵迷你的玫瑰花。

我走下台阶,穿过过道,正要悄悄地溜进后台,这时我感觉有人伸手扶住了我的肩膀,身后响起了妈妈的声音。"准备好离开了吗?"

我吓了一大跳。"是啊。"我说。我还没来得及问她是怎么知道我在这里的,蚂蚁们出现了,每一只都在看报纸上小小的周末娱乐版块。

"我把车停在了剧院后身。"说着,她指了指舞台后面的那扇门。

"这样啊。"

"你还有些时间去道别。不过,得快点儿。"她指了指手表说。我想起来我们马上就要坐飞机回家了。我尽量不让自己看起来伤心欲绝。

我们找到了金妮和其他的女孩们,我拥抱了她们所有人,告诉她们我喜欢她们的演出。我告诉她们我会很想念她们。

凯伦说:"别当个混蛋,好吗?"

玛雅说:"保持你的童贞,路奇。等待属于你的时机。"

香农说:"好好爱你自己,伙计。"

安妮说:"再见了,路奇。"

金妮拉着我的手,妈妈见状这才找了个借口从后门溜了出去。

"我会想你的,路奇,虽然我还没有真正地了解你。"

我该怎样去表达呢?该怎样告诉一个人她永远地改变了

你呢?

"我希望你能勇敢地去面对那个混蛋,好吗?必要的话就报警。你值得别人的尊重。"她说。我下意识地摸了摸我的结痂,这让她也摸了摸自己的眼睛。我突然想到如果我们现在接吻的话,刚好是一张折叠的美国地图。我的宾夕法尼亚形状的结痂与她的新泽西形状的青眼圈刚好相邻。① 我很好奇,还会有多少孩子加入我们?蒙大拿州和科罗拉多州在哪儿?佛罗蒙特?佛罗里达?它们在哪里?我们会组成多少张地图呢?

我说:"我爱你。我是说,像爱大姐姐那样爱你。"

她抱着我说:"我知道。"

我亲吻了她的开普梅②。"拜拜。"

"别忘了,"她说,"朋友就得有朋友的样子。"

我看向其他的女孩,知道她们会照顾好金妮的。于是我走出了剧院的后门,来到了停车场。妈妈坐在茱蒂的SUV里等我。

就在我们驶入返回坦佩的公路时,妈妈说:"我为你感到骄傲。"

我想,她以前从未以这样的方式对我说过这句话。在此之前,她说这句话时总是把我当孩子看待,比如我做了什么体贴的事或者考试拿到了好成绩。

这次她说这句话的语气就像在跟一个男人说话。

---

① 现实中新泽西州与宾夕法尼亚州就是相邻的两个州。
② Cape May 位于新泽西州的最南部,按照原文,应该刚好位于金妮眼睛下方,接近脸颊的位置。

我们安静地开车回到了家。

戴夫原本要开车送我们去机场,但是他因"急事"被叫去"工作"了,于是我们叫了一辆出租车,和茱蒂舅妈道别。

她拥抱着妈妈,很久很久,接着又不停地拍着她的肩膀。"你们俩多多保重。如果需要,就给我们打电话,好吗?"

妈妈点了点头。茱蒂面向着我说:"不要惹麻烦哟,路奇。"

我微笑着回应:"帮我谢谢戴夫,感谢他教我如何练举重。"

"我会的。"茱蒂说。

"让他快点带你出来找我们。"妈妈补充说。

"好呀。"茱蒂说。

蚂蚁们说:"别再吃那些药了。"

出租车到了,当我们把行李放入后备箱时,我告诉茱蒂,我会每周通过电子邮件给她发一份菜谱,让她尝试一下,并且我确保食谱简单易做。从她的眼神中我能看出来,等我一离开她就会狼吞虎咽地把那些预制的爆米花虾球[①]一扫而空,整个发送菜谱的想法就是浪费时间。尽管如此,我还是决定发给她。

我和妈妈坐在后座上挥手告别,我感到我们共同的负重感在亚利桑那清澈的天空下得到了释放。三个星期前,这次旅行听起来是个绝妙的主意。两个星期前,它看起来是世界上最糟糕的想法。今天,我知道它是我人生中最美好的经历。或许,其中还有很多缘由是我尚未发现的。

---

① 裹着面糊的炸虾。

起飞的时候，我看着亚利桑那州的灯光渐渐消失在飞机下方。安全带指示灯还没熄灭，妈妈的鼾声就已经轻轻地响起，她的头微微向右倾斜着。我的脑海中只有纳德。一滴汗珠顺着我的脊背滑落。我想起那些有过痛苦童年经历的人一有机会就会义无反顾地离开家乡的故事。我在脑海中计算着，距离毕业还有三年的时间，也就是说，还要很久我才能逃离这一切。

我深深地吸了一口气，想起自己现在已经有所转变。如果我拼尽全力，或许就可以不成为那些逃离者中的一员。

我伸出手轻轻地扯掉脸上参差不齐的小块结痂。我的脸映在飞机圆形的舷窗上，我看到现在结痂的形状变成了马萨诸塞州的版图，东侧的半岛科德角朝着我耳朵的方向如弯钩一样向上卷起，再过几天它就会消失。我抚摸着新长出来的光滑的那部分肌肤，感叹于它们柔软的触感。新的皮肤让我惊叹。新的皮肤是一个奇迹，它证明了我们可以自愈。

营救行动 112 号——每个人都看见蚂蚁

爷爷被一群戴着派对纸帽的蚂蚁们俘虏了。它们正在玩"扭扭乐"[①]。爷爷负责发号施令。他没办法去玩，因为玩扭扭乐

---

① Twister，一项非常好玩的多人游戏，可以让 2~4 人同时一起参加。游戏套装中附有一张印有各种颜色的塑胶板及指针轮盘，由裁判负责转动指针，对比赛者发号施令，当指针指到哪一只手、脚要压在哪一个颜色上，参加者就必须依照指定动作做到，谁能够坚持到底不倒下，或成为唯一一个离开游戏圈的人，就是最后的胜利者。

需要四肢,而这一次他缺失了两只——一只胳膊和一条腿。

"左手绿色!"他喊道。

蚂蚁们扭着四肢努力完成着指令。

"爷爷!"我呼唤道。

他挥手让我进去,一把椅子出现在他的右边。

"右脚红色!"他喊道。

"你知道这些蚂蚁?"我问。

"你指的是什么?"

"我是说——难道这些蚂蚁不是我想象出来的吗?看见它们不就说明我疯了吗?"

"当然不是!蚂蚁在每个人的脑海里。当我还是孩子的时候就能看见它们。"他说,接着又喊道:"左手黄色!"

我实在想不通他的话。

"每个人都看得见蚂蚁吗?"

他看着我,说道:"那么,孩子,你觉得有多少人过着完美的生活?我们每个人在某个时候不都是某件事的受害者吗?"

"我不明白。"

"左手红色!"他喊道。这一轮有两只蚂蚁没有站稳出局了,蚂蚁的笑声变得更大了。"嗯,好好想想。一个人究竟能遭遇多少坏事儿。光是被谋杀、被侵犯、遭到抢劫和强奸,你就能算出有多少人能看见蚂蚁了。"他喊道,"左脚蓝色。"

我说:"呃。"因为我不确定他指的是多少人。

"还有蓄意伤害、共谋罪、敲诈勒索、诽谤、诋毁、骚扰、虐待儿童、跟踪——这清单可长了，不是吗？别忘了，每种罪行都会有成百上千的受害者——每一个认识并深爱着受害者和罪犯的人。那样的事会代代相传的。"

"这些人全都看见那些蚂蚁了吗？"

"没错。右手绿色！"

"哇哦。"

"是啊，"他说，"就算真的有看不见的人，那我敢说我们的人数是一百万比一。"

第三部分

悲剧是生者获取智慧的工具,而非生活的指南。

——罗伯特·F.肯尼迪

第三十章

路奇·林德曼在这里看起来更渺小

爸爸在费城国际机场接到我们后,便带着我们驱车离开。他和妈妈闲聊了一会儿,而我则盯着窗外。这里太潮湿了,我感到了阵阵凉意,身上起了鸡皮疙瘩。

我们行驶了大概十分钟后,妈妈问:"所以,你那么做了吗?"

爸爸目视前方的道路。"做什么?"

"就是你说过你会做的那件事?"

"我不记得说过要做什么。"

妈妈盯着他的侧脸。蚂蚁们递给了她一把地螺钻,这样她就能直接钻进他的头骨了。要想把钻从座椅靠背上抬过去需要一百只蚂蚁。

"你和麦克米伦夫妇谈过了吗?"

"没有。"

妈妈的脸皱成了一团,写满了失望。

"我能对他们说什么呢?"他说,"我是说,很明显那个孩子肯定知道该怎么做。"

"那不是重点。"

"那究竟什么才是重点?"

"你应该做点儿什么。"

妈妈叹了口气,朝窗外望去,费城郊区的一座座睡城[①]从眼前飞驰而过。她没有再说一句话。我坐在后座上,看着爸爸开车。蚂蚁们说:"你不是乌龟,路奇·林德曼。"

爸爸把车停进车道,说:"欢迎回家!"那样子简直就是个导游,好像我们只是坐在他龟壳上的乘客。

我从后备箱取出行李,把它放在洗衣房,然后回到了我的房间。在房间里躺了一会儿,我意识到除了把我们从机场接回家,还有做饭,爸爸根本不打算做任何事。如果我希望有更大的改变,只能靠自己。是啊,我吓坏了。是啊,我心存疑虑。但是,我很生气。我生气的是正因为爸爸无法做到所以我才不得不做这些。可随后我就闻到了早饭的香味,我知道他也正努力地做自己力所能及的事。

爸爸端着一盘盘热气腾腾的松饼摆在我们面前,摆好后就坐到餐桌前,看着我和妈妈好一会儿,然后露出了微笑。

我想告诉她关于金妮还有我和她接吻的事,想告诉他我可以卧推六十磅的杠铃。我想告诉他这次的亚利桑那之行是如何改变了我的人生。但由于我吃到了有生以来吃过的最好吃的松

[①] Sleep town 指那些以居住为主的卫星城镇或郊区社区。这些地方的居民大多在附近的中心城市工作,但选择在这些卫星城镇居住,因为房价相对较低、环境较为安静。由于这些城镇的主要功能是居住,缺乏足够的就业机会和商业设施,因此被称为"睡城"或"卧城"。

第三十章　259

饼,所以我问:"太好吃了,你是怎么做的?"

"主厨的秘诀。"他说,然后告诉我秘诀就是柠檬汁。

妈妈说:"你知道吗,路奇是个很棒的厨师。"

爸爸扬了扬眉毛。

"他甚至教茱蒂做了一些菜。"

爸爸笑出了声。"你的茱蒂舅妈可是个无可救药的人。"

我自豪地坐直了身体说:"我让她吃了布里干酪。"

爸爸对着我露出了微笑。突然间,我觉得自己十三岁时绝食的决定实在是太傻了。蚂蚁们说:"算了。我们都曾年少无知过。"

他说:"啊哈,如果你能教茱蒂烹饪,那你一定有某种神奇的力量。"

"我想他的确如此。"妈妈说着对他眨了眨眼睛。

"那么,你觉得戴夫怎么样?"爸爸问我。

"他很酷,"我说,"他教我怎么练习举重,感觉真的不错。但是他的工作太忙了。"他们注意到我说这话时脸上露出的嘲笑的表情了吗?

"没错。"妈妈说。

"茱蒂舅妈人很好,就是有点儿神经质。我说的是好话,但她确实很疯狂。"

"毫无疑问。"爸爸说。妈妈点点头。

"路奇在那还遇到了几个很好的朋友,对吗?"妈妈说。

"的确很好。"

"真为你开心,"爸爸说,"看到你的笑容真好。"

看到我的笑容真好?这场对话还能更奇怪一些吗?我想给爸爸一个机会,但如果家里要发生的变化是为了让我笑,那我会非常生气的。于是,我决定现在该说些什么了。

"我真的很想去练练举重。我喜欢健身,"我说。他们低头吃饭,一言未发。我补充说:"这让我觉得作为林德曼家的一员感觉没那么糟了。"

"你到底想说什么?"爸爸问。他放下手里的薄饼,瞪着我。

"我的意思是我厌倦了我自己。"

他们注视着我。

"我是说,我想要掌控自己的生活。"我说。

他们目不转睛地看着我,接着彼此对视了一眼。

"我想我知道哪里能搞到举重器材,"爸爸说,"有个和我一起工作的家伙正在准备卖掉一套。"

妈妈的眼神中看不出任何情绪,说:"那太好了,维克。"

爸爸凑近我,皱着眉头说:"而且,当一名林德曼也没有什么不好的,"他说,"我们应该为成为林德曼家的人而自豪。"

我想指出他说的是"我们"而不是"你"。我摸着脸上马萨诸塞州形状的伤疤,忍不住用手指蹭了蹭。尽管说了这么多,我还是会紧张。尽管练习了举重,我却依旧很弱小。目前来说,爸爸是我最不怕面对的人。

早饭后照镜子时,我看到结痂已经裂开成一片小块的结痂。那是夏威夷群岛①。我颧骨上的最后一块结痂是冒纳开亚峰②,是夏威夷最高的山峰。考爱岛随时都会剥落,茂宜岛紧随其后。我推测到了明天,纳德在我身体上留下的痕迹就会消失。那么现在该轮到我去擦除脑海中的痕迹了——我的精神结痂。

营救行动 113 号——香蕉雨

我深陷在一个十米深的坑里,孤身一人。我穿着破破烂烂的黑色睡衣,脚上生了脓疮。我的右胳膊和大部分的牙齿都不见了,脸上长着络腮胡子。

有人在上面一遍又一遍地呼唤我:"路奇?"可是我看不到任何人。

"到树上来找我,孩子。还记得吗?"

我坐在泥地上冥想。吸气,呼气。我看见自己和爷爷坐在树上。但是当我睁开眼睛时,我又独自一人坐在了坑里。

"再试一次!"他说。

我又尝试了一次。睁开了眼睛。还是在深坑里。

一次又一次。开始下雨了。是香蕉。

深坑里堆满了香蕉。它们是从店里买来的契基塔牌③香蕉,每一根上面贴着写有俏皮话的贴纸。我没有继续冥想,而是撕

---

① 一个位于北太平洋中的火山群岛,呈弧状分布。
② 美国夏威夷州夏威夷岛中北部休眠火山。
③ 契基塔香蕉公司,垄断拉美的香蕉种植和输出业。

下一些贴纸,把它们贴在了长有脓疮的皮肤上。我就这么贴着,直到我发现如果再不出去,我就要被香蕉淹没了。我试着爬到香蕉堆顶端。在我的重压下,它们被踩得稀烂,弄得我浑身都黏糊糊的,引来了一些虫子。

我读着贴纸上的文字:"请贴在额头上。保持微笑。"

我可以轻松地把贴纸贴在我的额头上。但是我却无法微笑。

"路奇,再试一次!不要放弃!到树上来!"

冥想,呼吸,想象,我变成了一棵该死的树,但就是没办法从这个坑里爬出来。香蕉埋到了我的脖子。

"笑一笑,孩子!这才是出来的办法!"我抬起头,看见他的轮廓——朦胧中逆着光。如此遥远。

我的脸瘫痪了。我笑不出来。就像妈妈告诉过我的,如果两只眼睛向内斜视的次数太多,就会永远地卡住。我的嘴就是这个情况。"扑克脸行动"使我处于皱眉的状态。永远。

"天啊,孩子。快笑!"

我一直在努力,但是我的脸不听话。我想到了可爱的事物——小狗狗、小猫咪和小宝宝——还有一些快乐的事情,比如金妮亲吻我、奶奶拥抱我,还有我能够卧推六十磅重的杠铃。我也会想一些让我开心的坏事——纳德在遭受痛苦,纳德攻击了丹尼,纳德进了监狱。依然没有笑容。

我只剩下几秒钟的时间了。我就要窒息而死了。我眼前一片黑暗,几乎无法呼吸。我听到了低沉的呼叫声,但是我把它们屏蔽在外。我觉得在一个填满了契基塔牌香蕉的深坑里奄奄一息也不错。我现在接受了一切。我的情绪很平静。那种真正的平静。

接着,我笑了——就在不经意间。

我和爷爷坐在了树上。我们就像双胞胎一样:失去了同一侧的胳膊,脚上的脓疮长在了同样的位置。我们用同样的方式捋着胡须。

"你有没有去思考我的问题?"他问。

"哪个?"

"就是关于你为什么来这里的那个问题。就是那次我问你能否真的带我离开这里?"

我点点头。

"你知道你做不到的,对吗?"他说。

"听我说,我有来这儿的理由。我是被派来的。这很重要。"我说。

他捋了捋胡须。我也捋了捋胡须。我们就像在表演镜像的哑剧。只是,我的脸上贴满了香蕉的贴纸。只是,他是真正的自己,而我却谁也不是。

"你并不是来这里,"他说,"你在逃避那里。这区别可大了。"

******

当我醒来时,刚好是午夜。我在床上躺了一分钟。我感觉额头怪怪的,于是伸手摸了摸,发现上面贴满了香蕉贴纸,上面写着:"请贴在额头上。保持微笑。"我花了好几分钟才把它们全都撕下来。但我撕下最后一层时,不得不快速地揭下来——就像揭下创可贴那样。我留下一张,把它贴在床下我的秘密哈利盒子的内侧。

我看着那个盒子——它承载了我有生以来所有的秘密——我知道我要做出的改变远不止是举举重、笑笑那么简单,那些都是表面功夫。而是某种更大的举措,只是我现在还不知道究竟是什么。

第三十一章

"扑克脸行动"——高一

那是我最后一次和教导处的老师进行每月一次的面谈。我坐在等候区的一把让人发痒的呢子布料的椅子上。两分钟后,夏洛特·登特走了进来。她从书架上抽出两本大学招生手册,然后坐在了宽大的桌子前。从她眼下被水晕花的睫毛膏就看得出来,她刚刚哭过。教务处的秘书老师不在,只有我们两个人,但我没有勇气和她说话。

她抬起头盯着我,我则盯着自己的鞋子。然后她一把推开面前的招生手册,把头埋进胳膊里,就像在睡觉一样,但是我听到了抽泣的声音。

"你还好吧?"终于,我开口问。

"还好。"

"你看上去不太好。"

她从胳膊上抬起头,露出一个傻气的笑容。"现在呢?"

"不怎么样。"

我朝桌子走过去,在她的对面坐下来。

"我只是想确认你没事。"我说。

"为什么？难道你相信那些愚蠢的流言吗？"

"不信。"

"那为什么？"

"因为纳德·麦克米伦在欺负你之前也经常欺负我，"我说，"还有你填写的调查问卷让我很担心你。"

"我的什么？"

"你知道的——那个调查问卷？"

她耸了耸肩膀，摆出一副真的对此毫不知情的表情。

"塞进我储物柜里的那些？"

"我不知道你在说什么。"她说。接着，辅导员从办公室里喊道我的名字，我和她的对话便到此结束。整个面谈期间，我满脑子想的都是究竟是谁？如果不是夏洛特的话，那么究竟是谁把那些问卷塞进我的储物柜的？我知道在二月份的时候，我亲眼看见夏洛特把问卷塞进了我的储物柜，但也许我被骗了。也许是纳德或丹尼有支粉色的笔，还知道怎么写那种花体字。也许我又犯傻了。

当天，我的储物柜里收到了一张新的问卷。上面是粉色墨水写的同样的花体字。如果你打算自杀，你会用哪种方式结束自己的生命？上面写着：我没事。谢谢关心。

第三十二章

路奇·林德曼回来了

我在游泳池见到的第一个人是丹尼。他先是迅速地对我笑了笑，然后开玩笑地冲我竖了个中指。他正在浴室门口刷洗那些黑色的橡胶防滑垫。我跟着妈妈走到树下的一片阴凉处，我那瘦弱可怜的身体中仅存的勇气开始逐渐消耗殆尽。

妈妈摆好椅子涂抹防晒霜时，我盘腿坐在地上，向泳池的四周张望。时间还早，游泳池空荡荡的，只有几个游泳队里拖后腿的人和少数泳道里来回游圈的人。我回过头看着丹尼，想起来金妮对我说过的："朋友就得有朋友的样子。"我的胃一阵紧缩。

妈妈从我们的游泳包里翻出她的泳帽，套在了头上。我也决定要去游几圈，于是我站起身。妈妈在三号泳道，我在五号泳道。我们游了起来。

一开始，我的大脑只关注眼前的景物。黑色的泳道标志线、蓝色的池底。瓷砖接缝处黑色的填缝剂。我呼吸产生的气泡，我四肢划水带起的波浪和水流。我能尝出氯气的味道，感觉到眼球上的压力。我能感觉到自己的头皮划破水面，脸颊上新长出的皮肤享受着凉爽清澈的水流。

游了一会儿，我觉得有些无聊，于是擦干身体，坐在阳光下的长椅上，闭起眼睛幻想着崭新的自己的样子。学校会截然不同。我的生活也会很不一样。我会勇敢起来的。

"嘿，白痴！"纳德在办公室的门口喊道，"精神病院刚刚打来电话了，他们想让你妈回去。"

我的脑海中上演着上次在弗莱迪游泳池的情景，我觉得自己的胃被扭成了两节。我想到了当时经理金向我们承诺会采取"纪律处分"。我是不是很傻，竟然相信他会因为对我的所作所为而被解雇？难道我真的还会那么天真吗？在过了这么多年之后？我抚摸着被晒红的脸颊，把茂宜岛从上面揭了下来，轻轻地弹走了。丹尼从小吃摊的后面探出头来，纳德站在他身边。他的鼻梁上涂着一条氧化锌防晒霜，脖子上挂着一只哨子。蚂蚁们推出了一台微型榴弹炮，开始计算目标坐标。

我看着妈妈又慢悠悠地游了一圈蛙泳，幻想着可以不再来这里的办法。我还没能想出一条万无一失的借口，这时劳拉和她妈妈出现在大门口。劳拉冲我微笑着。她妈妈把她们的游泳卡递给佩特拉时，心不在焉地挥了挥手。接着她们便朝着树后靠近排球网的老地方走去。

这让我想要逃离这里的想法更加强烈了。如果我不得不当众被羞辱，那是一回事，但是在劳拉面前受辱就太糟糕了。我慢慢地朝她们走去，虽然我很害怕她会露出同情的表情。我们在她的垫子前遇到了。

"嘿!"劳拉说,"你回来了!"她手里拿着一本书,手指插在书页里当书签,看样子在来游泳池的路上她一直读那本书。

"是呀,回来了。"

"玩得开心吗?"

"我想还不错,"我说,"特别热,这是肯定的。"她点点头,笑着看着我。"我不在的这段时间有什么有趣的事吗?"我问。

她点点头,冲我眨了眨眼睛,嘴里却说:"没有。没有什么有趣的。"这意味着"有",但她不能在她妈妈面前告诉我。她开始一边朝着与垫子相反的方向走去,一边问:"你还好吗?我们都很担心你。"

"我很好。谢谢。"我们朝着绳球[①]的立柱走去,直到没人听得见我们。她把手指放在书中,把书抱在胸前。

"我很高兴又在停车场看到你们的车了,"她说着,示意我靠得更近些。她换成了耳语,告诉我夏洛特周五的时候带着她弟弟一起跳水玩。"她的比基尼上衣又从身上掉下来了,"她说,"由于纳德是当时值班的资深救生员,他当着所有人的面,把她从水里拖了出来。太恐怖了。"

"真该死。"我说。

"我是说,她尽力用胳膊遮住了自己,可你知道的——情况还是很可怕。妈妈向董事会投诉了这件事,还有几个人也这么做了。他们都希望他被解雇,那个家伙就是个混蛋。"

---

① 球被绳子系在一根柱子的顶端,两名玩家分别用球拍或手击球,使球绕柱子旋转,以先使绳子绕尽者为胜。

"没错！彻头彻尾的混蛋。"我说。我感觉很难过。我为自己没能在三周前他打我时及时报警而感到难过。如果我当时报警了，就不会发生这样的事了。我们开始走回到她妈妈身边。她妈妈正用那种妈妈们觉得自己的孩子情窦初开时的眼神看着我们。

"一会儿你想玩金拉米吗？"

"好呀。我当然想玩，"我说，"你先把书看完吧，看得出来你迫不及待地想看完了。"

"下一本还在图书馆等我呢。"说着，她打开书在周围的树荫下坐了下来。我想到了金妮，想着她作为我第一个想亲吻的女孩时带给我的感觉。随着蚂蚁们发出了亲吻的噪声，我意识到劳拉是我第二个想亲吻的女孩。

我看到妈妈正躺在沙滩椅上晒着太阳，晾干身体。她闭着眼睛，我在她身边坐下来，说："嘿。"

"嘿。"

"你看到今天谁在值班了吗？"

她睁开眼，然后眯了起来环顾池边。"没看见。"

"纳德·麦克米伦。"

她叹了口气。

"他好像没被炒鱿鱼吧，对不对？"我指着脸颊说。

她摇了摇头，低声咒骂了一句。"这是我的错，路奇。全是我的错。我只是——"她的声音有点颤抖，"我只是还有很多其他的事要忙。"

"这不是你的错。"

"不。当你成为父母的时候,你就要承担相应的责任,完全就是我的错。"她做出手势强调着每个字。

劳拉把书翻到了最后一页,读了起来。读完后,她凝视着模糊的远处,叹了口气,合上了书。妈妈看到我一直在看她。

"真的,妈妈。这不是你的错。他没被开除并不是你的错,而且他是个混蛋这件事也不是你的错。"我说。我挠了挠发痒的脸颊,夏威夷群岛的最后一部分——我颧骨上的冒纳开亚峰——剥落了,掉在了我的腿上。

她盯着天空看了一会儿。"我和你说过我妈妈是怎么看待混蛋的吗?"她的声音听上去很欢快,仿佛我们上一轮对话已经结束了。

我摇了摇头。

"她曾说'这个世界充满了混蛋。你能做些什么来确保自己不是其中之一?'"

我说:"哇哦。"因为这可能是我听过的最酷的事情了。

"无论何时,我们中任何一个人做了出格的事,她都会对我们说这句话,"她摇了摇头,"她就是个圣人。"

一小时后,我和劳拉在亭子下面碰头,一起玩三局两胜的金拉米纸牌游戏。第一轮她赢了。第二轮我特别幸运,抓到了一手几乎能赢的牌。两局游戏期间,我们坐在那里一起看了看泳池周围的景象。日间夏令营的孩子们完全占领了泳池的深水区。妈妈在我们垫子旁,我看见她招呼经理金过去,站在那里和她交谈了几分钟。

从金的肢体语言中,我能看出她正在道歉。从妈妈的肢体语言中,我能看出她正在引用她妈妈的话:你能做些什么来确保自己不是其中之一?

今晚的晚餐,爸爸做了一盘特别美味的烤排骨,他让我自己去烤玉米,没有在一旁指导我怎么烤会更好吃。我像个原始人一样狼吞虎咽。他拿白天工作的事情开了几个玩笑,妈妈被逗得哈哈大笑。她抱怨着日间夏令营的孩子们霸占了她宝贵的第三泳道,爸爸打趣她说她从一开始就觉得那条泳道是她一个人的。我听着他们聊天,嘴里却一刻也不停地吃着。

"我认为麦克米伦家那小子明天就会被炒鱿鱼。"妈妈说。

"早该如此了。"爸爸说。

他们看向我,我能做的就是冲他们微笑。

我笑并不是真的因为纳德被解雇了。我笑是因为我感觉自己是正常家庭中的一员了。当然,我爸爸大部分时间还是一只乌龟,而我妈妈还是会继续一圈又一圈地游泳以致敬泳池之神。但是我现在感到正常了。不知道是为什么,我也不知道自己要不要在乎这个原因,我只是有这样的感觉。带着这种感觉给我的满足感,带着晚餐吃的比平时多很多的排骨的满足感,我在美食频道播放"五分钟厨艺大挑战"前便早早地进入了梦乡。我把自己带到了爷爷身边。

营救行动 114 号——治好维克

一开始,我从远处看见了我们。爷爷和我坐在树上,晃荡着双腿。四肢情况报告:健全。他笑着露出了仅有的几颗牙齿,我也笑着。我听不见我们在说些什么,但是我知道那感觉很好。

接着,我走近了些,爷爷说:"你是我儿子的好父亲。"我想了一会儿才想明白。他是说我一直在爷爷缺席的情况下做我爸爸的父亲。"谢谢你。"他说。

整整五分钟,我们都没有说话,静静地看着阳光在丛林地面上洒下的斑驳的光影,头顶天棚似的树荫随着微风摇曳。

"这些年有你在身边,我真的很幸运。"爷爷说。

"我也是。"

"看着你成长为一个男人,是我这辈子最美好的经历。"他说。

我感觉自己瞬间长出了胸毛。我说:"我知道该怎么对付纳德·麦克米伦了。"

"我明白了。"

"你知道吗?我要和他谈谈。面对他。"

"你的奶奶一定会为你自豪的。她是我们家治安会①的

---

① 也称"自警团员"或"义警",指那些未经法律授权,但自行采取行动维护正义或秩序的个人或群体。

成员。"

一想到她，我突然难过起来。"她非常想你。"我说。

突然间，我又孤身一人，沿着一条丛林小道往前走。我在想：我们治好维克了吗？怎么治好的？我抬起头看看上面的树枝，却再也找不到爷爷的踪影。

第三十三章

你需要知道的最后一件事——缺失的四肢

我洗了一个很长时间的淋浴。等到蒸汽散去后,我站在镜子前仔细地打量着自己。我感觉昨晚的梦让我一夜间长了几岁。我在脸上寻找证据,却只发现了一整年都长着绒毛的上嘴唇。脸颊上的伤疤凝视着我,试图在提醒我有多么弱小。我屏蔽了它。

穿好衣服后,我发现妈妈在厨房切黄瓜泡菜。

"你想去麦当劳吃早饭吗?"她问。我跟跄了一下差点儿摔倒。林德曼家的人是不吃麦当劳的。

"你是认真的吗?"

"我听说现在的咖啡好喝多了,以前的尝起来就像稀释了的焦油。"

我还不太习惯。我不确定自己是否能保持平常心。

爸爸过去总会给我讲起在海外退伍军人协会（VFW）[1]的那些人，他们能感受到自己被截掉的四肢。我觉得自己好像就是他们中的一员——尽管一个月以前我已经把虚弱的、备受折磨的、可怜的自己给截掉了，我却还是能感觉到他在扭动。

这有点像自己同时是两个人。上一秒我还觉得自己是一无所有的旧的路奇，下一秒我就发现自己已经拥有了可能需要的一切。

在停车道上时，我听到隔壁的孩子嬉笑玩乐的声音。那些正常的孩子做着再正常不过的事。也许他们从未听说过越南战争。也许他们不知道时至今日仍有 1,700 名越战服役士兵尚未被找到。也许他们不知道大约 8,000 名士兵在朝鲜战争中失踪，或者有约 74,000 名士兵在二战后杳无音信。他们不知道截肢者有时会试图扭动他们已经失去的那部分肢体。

我并不羡慕他们。他们有很多事情需要去了解。

妈妈点了一份猪柳蛋麦满分，我点了一份吉士蛋麦满分和薯饼。我们把车停在阴凉处，一边吃一边计算着要游多少圈才能把吃进去的这些卡路里消耗掉。我们到了泳池后，妈妈把头发塞进了泳帽，径直走向了深水区。她一直站在那里等着我，

---

[1] 海外退伍军人协会（Veterans of Foreign Wars，简称 VFW）是美国一个全国性的退伍军人组织，由 1899 年美西战争结束后成立的三个全国性退伍军人协会于 1913—1914 年合并而成。该组织的宗旨是通过退役军人服务机构、社区服务和公益活动"帮助生者，祭奠死者"，推动国家对残疾和贫困退伍军人的支持，帮助退伍军人家属，并通过爱国主义教育增进对国家的忠诚。

第三十三章　277

沿着三号泳道看向对岸。她问:"我要游多少圈才能消耗掉刚刚吃的猪柳麦满分?"

"一百圈,"我说,"还需要二十圈来消耗甜咖啡和我的半份薯饼。"

"想不想比赛?"

她以前从来没提出过和我比赛。我知道我会输,但是我还是站在了四号泳道前。她说:"数到三。一,二,三!"我们跳入水中。

烈日直射在水面,仿佛为池底铺上了一层闪闪发亮的马赛克。我能看见自己的影子在水里飞驰,我努力地追赶自己。一连划了八次水,我才浮上水面换气。我想象着自己被一条食人鲨追赶。我向右侧过头呼吸,所以看不见妈妈。这真的不是一场比赛。自从金妮在夜里把我拖进她的影子里以来,这是我玩得最开心的一次。

我们在游到第十圈的时候停止了比赛。我感觉肺里像着了火,妈妈也同样上气不接下气。我们蹲在浅水区调整呼吸,彼此没有说话。我看到纳德从小吃摊向外偷看。我想,就算因为和妈妈在水里比赛游泳让我成了一个妈妈的乖宝宝,那我就是妈妈的乖宝宝——路奇·林德曼。如果这样让路奇·林德曼变成了一个软蛋、傻瓜或这辈子被骂过所有愚蠢的称号,那么也没关系。我就是个傻瓜、弱鸡、失败的废物妈妈的宝宝。

妈妈又和我节奏平稳地游了二十圈。当我停下来调整呼吸时,我看到劳拉和她妈妈在野餐桌那边放好了东西,我挥了挥手。劳拉笑着挥手回应我。她走到泳池边坐了下来，把脚伸进了水里。

"你听说了吗？"

我做出了"没有，我没听说什么"的表情。

"他们昨晚把纳德·麦克米伦给解雇了。"

我看着她，歪了歪头。如果我因为觉得她的颧骨是所见过的最美妙的事物而成了弱鸡，那么我就是路奇·林德曼，弱鸡。因为她的颧骨太惊艳了。

"太棒了。"我嘴上说着，心里却依然想着她的颧骨。

"我真是松了口气，"她说，"如果他能对夏洛特做了那样的事还逃掉了处罚，那么他就能那样对待这个泳池里的任何一个女孩的。"

我点点头，目不转睛地看着她那完美、光滑、圆润的双肩，简直无法正常思考了。她朝阴凉处走去，回到她妈妈身边继续看书。蚂蚁们说："你有什么可失去的呢，路奇·林德曼？"

午餐时间，我和妈妈坐在我们的垫子上津津有味地吃着冷餐鸡蛋沙拉三明治。蚂蚁们坐在垫子的边缘玩纸牌，它们用掉下来的面包屑做赌注。

虽然泳池里挤满了日间夏令营的孩子，但妈妈还是又游了几圈，不过已经没有什么意义了。她从泳池里出来，用毛巾擦干身上的水，开始收拾东西。现在是下午三点半。我们早些回家和爸爸一起吃晚饭，因为这是新计划。多一些家庭聚餐。爸爸少花一些时间待在浮夸奢华的小酒馆，这就意味着我们全家

第三十三章　279

能多一些快乐的时光。也有可能不会,我猜,这取决于爸爸对于新计划的接受程度。不管这么样,我都感受到了茱蒂舅妈所谓的满满的正能量(气场)。我对劳拉说再见,但是她完全沉迷在自己的新书里,她说"哦,再见"的时候,甚至都没抬头看我。

妈妈把车开出停车场时,我看到纳德·麦克米伦站在游泳池的正门前和其他的救生员闲聊。我很想蜷缩在座位上,直到妈妈从他身边开过去。我真的觉得自己做不到。我的内脏扭成了一团。就在我们要从他身边开过时,我还是开口说:"可以停一下吗?我要去处理一件事。"

妈妈靠着路肩停了车。我下了车朝前门走去。

纳德看见我走了过来。这一次,他没有出言不逊。他就这么看着我走向他。我挺直了后背,直视他的双眼。他朝着自己那些救生员朋友相反的方向走了几步。当我走到他面前时,他站在那里,双臂交叉抱在胸前,冲我得意地笑。

我开口说:"我们需要谈谈。"我感觉自己的心脏马上就要跳出来了。我敢说他也看得出来。

他点点头。"谈什么?"

我凑到他的面前——尽可能凑得很近,尽管我比他矮了15厘米。"听好了,"我戳着他的胸口说,"你最好别再找我麻烦。"

"我不能这么做?嗯?"

"不能。如果你再敢动我一根手指头,我他妈的就报警抓你。"

"哦，真的吗？"

"没错。还有，再让我看到你对其他人干那种变态的事的话，我也会报警。"

他看着我，那表情就像以前假装我们是朋友时一样，他笑了一下说："谁给你的胆子，香蕉男孩？"

我又戳了戳他——这次用了两根手指。"省省吧，那些话还是留给真把你当回事的人吧。"

"你觉得你现在硬气了，是吗？"

"你吓不倒我，就这么回事。"我现在的心跳比三十秒前快了四倍，显然它并不赞同我的说法，但是我表现得不错。

"哈。"他说。接着朝我迈了一步，凑到我跟前。

我没有往后退，反而凑近他，让他能感受到我的气息。"我是认真的，"我说，"我会让你进监狱的，别以为我不敢。"我瞪大眼睛盯着他，做出一副疯狂的样子，"如果有必要，我会把一切都告诉他们。"

他举起双手，做出一种开玩笑似的防御姿态。"好吧，哥们，随你怎么说。"

他还是近距离地看着我，露出那种机灵又傲慢自大的表情——好像马上就要笑出来一样。但我不在乎。既然该说的话都说了出来，一切都结束了。我的任务完成了，除非我不得不履行刚刚的那番话……如果有必要，我一定会做到的。

经理金说："麦克米伦，拿上你的东西离开这里。要是董事会成员看见你，我就要倒大霉了。"

我就站在原地——直面他——直到他溜进化学品仓库去拿他的东西。我感觉棒极了。我感受着一切。

就在我转身走出大门时，罗纳德大步走了进来，速度很快。他走到站在小吃摊窗外的丹尼身边，一把抓住他的衬衫，把他拎了起来。"麦克米伦在哪儿？"

丹尼只是眨了眨眼睛。罗纳德掐住他的脸颊，用力地掐着。"麦克米伦他妈的在哪儿？"

"别激动，哥们。"丹尼说着，指了指化学品仓库。我停下脚步，转过身来。夏洛特正在沿着围栏外的人行道慢慢地走过来——马上就要路过我妈妈的车。她正在打电话。我猜她在打"911"报警，因为罗纳德的老鹰文身已经暴走了。

我试着想办法阻止罗纳德做他要做的事。我想告诉他那么做不值得，他也许会因为纳德那样的小混蛋而进监狱。但是罗纳德的速度太快了，最后我只能站在原地看着他三步并作两步进了小屋。

我能做的只有祈祷他别把纳德揍得太狠。我简直无法相信，在纳德对我做了那么多过分的事后，我竟然会有这样的想法。但是，我的确希望如此。

夏洛特合上了手机，停下来透过铁丝网眼栅栏向里面张望。罗纳德的身影消失在仓库里。接着，我们听到了激烈的响声。

一阵有节奏的响亮的打斗声。整个仓库都在震动。一分钟后,罗纳德又出现了。他的胸口沾着血迹,有些盖住了一部分文身,他浑身上下都是一层亮晶晶的汗水。我朝着妈妈的车走去,在打开车门前,我问夏洛特:"你没事吧?"

她点了点头,我坐进了车里,也点头回应她。

三点四十分,我和妈妈到家了,发现爸爸已经准备好了蒜末和韭菜碎末。他将鸡胸肉切成了块——完美的三厘米见方的肉丁。他正在一个老式玻璃压汁器上拧柠檬,奶奶以前常常用它给我榨橙汁喝。

"在游泳池玩得开心吗?"他问。

"麦克米伦家的小子被解雇了,"妈妈说,"所以很不错。"她没有提起任何我直面纳德的事,我很欣慰。

爸爸点了点头。

"妈妈和我比赛游泳来着。"

"谁赢了?"

我们笑了起来。妈妈举起一只手。

"路奇几乎整个下午都在和他的女朋友玩纸牌。"

"这个我也输了。"妈妈在心里记下了我没有纠正她的说法。我在心里记下了争取尽快让劳拉·琼斯成为我的女朋友。

爸爸说:"女生嘛,孩子。我们得习惯输给她们。"他继续拧着柠檬。

"要我帮忙吗?"我问。

"不用了。我能搞定。"

第三十三章

我在他身边站了一两分钟，可他一句话也没有对我说，于是我回到了房间，换了身衣服，听到妈妈走出房间后，我又回到了厨房。

"如果你不想帮忙的话，不用勉强。但是我需要有人帮我煮米饭。"爸爸说。妈妈看向我。

"好啊。"我说。

"我要把这些拿出去烤，别让它溢出来。"

当他出去的时候，妈妈看着我，扯着一边的嘴角微微笑着。我想我们都知道，不能在爸爸身上创造奇迹。

"你知道，这很有趣。"他边说边走进了厨房的门。

妈妈和爸爸交换了一个眼神，好像他们之间藏着什么秘密一样。妈妈离开了厨房，声称自己去前院有事要忙，这绝对是她"不得不做的"最奇怪的事情之一。

爸爸一言不发。他开始琢磨晚餐其他的准备工作，但是所有的半成品都已经准备就绪。看着他又胡乱忙活了几秒钟后，我深吸了一口，问："爸爸，你没事吧？"

他吓了一跳。"没事。再过一分钟鸡肉就该翻面了。"

我一直盯着他看，看得他不知所措。他开始手忙脚乱地摆弄东西。他把橱柜门打开又关上，就是不看我。他把盘子从水池的右边拿到了左边，然后又看了看手表。我正要开口再次问他的时候，他说："知道吗？你们不在的时候，这里的感觉完全不一样。"我心里感到一阵愉快。接着他就有点儿破坏气氛地说："没有人需要我做饭了。"他笑着补充道。

"那你最好习惯这样，"我叹了口气，"你看，我现在都能自己做饭了。"

他终于回过头来看我。我看到了他的脆弱——就像奶奶去世的那天一样。他说："儿子，你还好吗？"

我点点头。见他不再说话，我说："嗯。我很好。"

他和我对视了一秒钟，然后微微点了点头。接着他走出去给烤肉翻面。不知道为什么，我觉得他有点儿可怜，不过那种感觉很快就过去了。我回想起罗纳德究竟对纳德造成了多大的伤害，并试图弄清我对这件事的真实感受。比起弄清我对爸爸的感觉，这个显然要容易得多。

不一会儿，我们就坐在了后门廊里的塑料露台桌前，吃着我最喜欢的酸奶鸡肉菠萝番茄饭，听着周围邻居的声音。父母下班回家。孩子们从日间夏令营或托管班或他们被送去的任何地方回到了家里。我们的后院飘来了上百家晚饭的香味。我们话不多。我们看起来都无忧无虑。

晚饭后，爸爸回去接着工作，他答应妈妈不会很晚回家。我看了两集美食频道的节目，然后回到房间，躺在 POW/MIA 主题的被子上。我回忆着过去一个月的生活——从我脸上留下了俄亥俄州的结痂到遇见了茱蒂舅妈、挚爱的金妮、让我又爱又恨的戴夫舅舅、直面纳德、感激我的妈妈和爸爸以及欣赏劳拉——我感觉自己很幸运。

我沉浸在一种惬意的满足感中，不知不觉地要睡着了。我能感觉到放在脑后的双手，慵懒地昏昏欲睡。我闻着皮肤上残留的氯气的味道，感受着今天被阳光亲吻过的地方留下的热度。我的肌肉因为比赛而有些酸痛，那是一种令人满足的酸痛。

营救行动 115 号

我们又回到了初次见面的那个战俘营，就在我曾经摔倒的那条小溪边。我现在是个成年男人，不再是个少年了。我开始长出了一些胡须，头发也很长。我坐在一块大石头上。爷爷坐在我旁边的那块石头上。他双手交叠着，双肘支在膝盖上。

"嘿，孩子。"他说。

"嘿，哈利。"我回应他。我不记得以前曾叫过他哈利。

"想出去走走吗？"

我看着清澈的溪水流过，心情舒畅。我问他："去哪儿？"

"某个特殊的地方。"他说。

我把手伸进胸前的口袋，掏出一包香烟。我之前在梦里从来没抽过烟。我递给他一根，他接了过去。在我的梦里，他也从来没吸过烟。我们抽着烟，沿着溪水流过。

"你对你爸爸很好，"他说，"我很担心，没有我在身边他会长成一个混蛋。"他吸了一口烟。"很多个夜晚我躺在这里，想知道珍妮丝的温柔会不会毁了他。"

"没有——他真的很好。"我说。

"这些日子你开心吗？"

"开心。"我深深地吸了一口烟,想到了金妮,"我觉得我明白了。你懂的——怎样才能快乐。"

他从嘴里掏出一块幸运饼干[1]里的字条,好像他的嘴里有个口袋。字条上面写着:"最简单的答案就是行动起来。"他把它递给了我。我点了点头,把字条放进我的嘴巴口袋里。他又把手伸进嘴里,掏出了一枚戒指。是金色的——他的婚戒。

"戴上它。"他说。

"好。"说着,我把它套进了我的手指。

他在泥滩里熄灭了香烟,我也照做了。他转过身看着我说:"来吧,我想带你看看这个。"

我们走在丛林的小路上,看得出他一点儿也不害怕弗兰基或者其他任何的看守。我迅速地清点了一下四肢——他的四肢健全。我也是。

"弗兰基在哪儿?"我问。

"他回家去找他的家人了,"他说,"留我一个人在这里等死。"

"哦。"我说。然后我停下脚步,"等死?"

他停下来,站在小路上回头看着我。"你以为我会永远活着吗?"他问。

我们抵达了一处临时丛林监狱,是他自己建的。上面飘着

---

[1] 幸运饼干是一种美式的亚洲风味脆饼,通常由面粉、糖、香草及奶油做成,并且里面包有类似箴言或者模棱两可预言的字条,有时也印有"幸运数字"(如用于彩票等),翻译过的中国成语、俗语等。

美国国旗。这里有真正的床，而不是几个只用竹制板条箱搭成的。坐在弗兰基以前常坐的椅子上的人是奶奶珍妮丝。她冲我们挥着手。

我也冲她挥着手，虽然我很想跑进她的怀抱里，闻着她身上婴儿爽身粉的味道。我说："嗨，奶奶。"

她说："我很高兴你做到了，路奇。"

我暗自问自己：做到了什么？

爷爷站在后门——通向一条小山坡的门，催促我跟上他。我们默默地走了二十分钟，手拉着手。我们到达了山顶。眼前的景色会让任何人忍不住深思，地球为什么允许我们继续在此生活并破坏它呢？这里有一个洞。两米长，约一米深。洞的旁边是一堆泥土和一把铲子。

"我要你告诉你爸爸，现在一切都结束了。我要你告诉他，我爱他胜过生命中的一切。"

我哭了起来，泣不成声地点点头。

"我要你告诉他。你会做到的，对吗？"

我抽泣着说："是的，我会告诉他的。"

他跳进了洞里，并不像一个垂死之人。"如果我的政府想知道我在哪里，你就告诉他们我死在了一个风景绝佳的地方。"

我闭紧了双眼，静静地为我们所有人哭泣。为他、为奶奶珍妮丝、为爸爸。我为妈妈哭泣，为她卷进了这样的婚姻。我为自己哭泣。当我睁开眼睛时，我看到他一动不动地躺在洞底。他的胳膊枕在脑后，脸上带着灿烂的笑容。他惬意地让自己陷入了死亡。

  我用土将他掩埋。时间过去了。汗水湿透了我的衬衫，我的胡子很痒。当我终于做完了这一切，我把铲子插进土里，找出了一根香烟，点燃了它。我惊叹于眼前的景色——那是一片如云雾般的丛林的树顶。这里，毫无疑问，是个风景绝佳的地方。

******

  当我醒来时，四周一片漆黑。现在是凌晨三点三十四分。我浑身都是沙砾和汗水。我的双脚沾满了棕色的淤泥，嘴里还吮吸着什么东西。我把它吐到手里，展开一看，是一张幸运饼干里的字条。上面写着："最简单的答案就是行动起来。"

  我的拇指摸向无名指。我摸到了——那枚结婚戒指。现在是时候了。

第三十四章

路奇·林德曼有话要说

　　夜晚的世界有一种魔力。我坐在餐桌前，喝着一杯冰茶，我完全能够理解为什么爸爸喜欢起得这么早。当周围的世界还在沉睡之时，每一分一秒似乎都被延长了。我想他听到了我在这里，因为我听见他冲了厕所，走过了走廊。

　　他给自己倒了一杯冰茶，在我对面坐了下来。

　　我该怎么做呢？我该如何告诉我的父亲我能见到他的父亲，而他却不能？告诉他我刚刚埋葬了他？我该如何解释这如此不可思议，如此不公平的事呢？

　　我摘下戒指，把它放在我们之间的桌子上。

　　他看着我。我的头发上还沾着红色的污垢，晾干后的头发贴在头上。他拿起那枚戒指，大声地读出上面刻的字。"哈利和珍妮丝，1970 年，9 月 23 日。"他看着我："这是我父亲的。"他眨了眨眼睛，问："你从哪儿得到的？"

　　我说："你能给我几分钟的时间吗？"我把手伸到桌子对面，握住了他的手。"我真的有非常重要的事情要告诉你。"

致谢

首先,谨以此书纪念埃德·丹尼尔斯,一位给予女性极大关心且丝毫不怯于表露此意的优秀的男士。

其次,谨以此书献给每一位失踪的士兵及其家人们。我要向全国 POM/MIA 家属联盟董事会的副主席乔·安妮·雪莉女士致以特别感谢。乔·安妮,谢谢您向我开诚布公地描述了痛失挚爱的感受,这使我深受触动,为我的写作提供了极大的帮助。另外,我还要向许多曾经与我分享过自己有关 POM/MIA、越战及彩票式征兵制度相关经历的人们表达谢意。

再次,我要向我的经纪人——迈克尔·博雷特表达星球级别的谢意。他真的很了不起,绝对配得上以他为形象的动作玩偶。我还要向利特尔·布朗出版社团队的全体成员表达无尽的感激。感谢我的编辑安德里亚·斯波纳,感谢她如此地善解人意;感谢黛博拉·斯普雷克-莱斯,她这样出色的人真应该被克隆;还要感谢多利亚·斯塔普尔顿,感谢她在我独自一人坐在长椅上的时候给我发了推特,其中的意义超乎她的想象。

我要感谢那些你们意料中的人。我要感谢我的家人——感谢我的妈妈、爸爸、罗宾、莉萨以及所有其他成员对我的支持。还有托弗，我的挚爱——我该如何感谢你才好呢？让我细数其中。还要感谢我的朋友们：我要向克里斯塔表达深深的谢意，你是我的超级英雄。还有克里斯蒂娜和玛利亚，感谢你们把我领入 V-Day 运动[①]之中。没有你们（和埃德）就不会有这本书。我还要感谢所有其他认识他们并且明白这句话是写给他们的朋友们。我要感谢每一位写信给我，来参加过我的签售会，或世界各地读过我作品的书迷朋友们。我还要感谢所有支持过我作品的杰出的教育者、书商、图书管理员、老师及博主们。

最后，我要感谢在背后默默帮助我的那些善良的忍者——谢谢你们。我能看见你们，你们能看见我吗？

[①] V-Day 运动旨在结束针对女性和女孩的暴力行为。V-Day 运动的名称中的"V"代表胜利（Victory）、情人节（Valentine）和阴道（Vagina），象征着对女性身体和权利的肯定。该运动由作家、剧作家和活动家 Eve Ensler（现更名为 V）于 1998 年 2 月 14 日发起。V-Day 通过艺术和激进主义的结合，推动创意活动以提高公众意识、筹集资金，并为反暴力组织提供支持。V-Day 的核心目标是结束针对女性和女孩的各种形式的暴力，包括强奸、家庭暴力、乱伦、女性割礼和性奴役等。V-Day 通过演出《阴道独白》（*The Vagina Monologues*）等剧目，为全球各地的反暴力组织筹集资金。这些演出不仅为反暴力项目提供了资金支持，还帮助打破社会对女性器官的禁忌和偏见。此外，V-Day 还强调保护地球，认为性别暴力与对自然的暴力之间存在联系。